于德北 / 著

微型小说名家系列

梅的沙夜航

SHAMEI
DE YEHANG

百花洲文艺出版社
BAIHUAZHOU LITERATURE AND ART PRESS

图书在版编目（CIP）数据

沙梅的夜航 / 于德北著. -- 南昌：百花洲文艺出版社，2024.10
ISBN 978-7-5500-5666-4

Ⅰ.①沙… Ⅱ.①于… Ⅲ.①小小说 - 小说集 - 中国 - 当代 Ⅳ.
①I247.82

中国国家版本馆CIP数据核字（2024）第105111号

沙梅的夜航

于德北　著

出 版 人	陈　波
总 策 划	张　越
责任编辑	李梦琦
书籍设计	方　方
制　　作	周璐敏
出版发行	百花洲文艺出版社
社　　址	南昌市红谷滩区世贸路898号博能中心一期A座20楼
邮　　编	330038
经　　销	全国新华书店
印　　刷	湖北金港彩印有限公司
开　　本	889 mm×1194 mm 1/32　　印张 9
版　　次	2024年10月第1版
印　　次	2024年10月第1次印刷
字　　数	200千字
书　　号	ISBN 978-7-5500-5666-4
定　　价	39.80元

赣版权登字 05-2024-261

邮购联系　0791-86895108
网　　址　http://www.bhzwy.com
图书若有印装错误，影响阅读，可与承印厂联系调换。

目　录

第二辑　织花的田野

第三辑 松城奇人志

第一辑　阳光照暖人流

长镜头

这些年住院的次数多了，似乎比一般人多了一些更实质的人生经验。医院的病房就像一个平底锅，每个病人都是一张饼，这张饼熟了，出锅，另一张饼就会进来，从来不会出现空缺。现在，我这张饼又回锅了。

我坐在床头，出神地向楼下张望。在一根电线杆子底下，有几个人正热烈地交流着什么，他们衣着普通，离得太远，也实在看不清他们脸上的表情，可是，他们一起抬头向楼上一瞥的动作，却瞬间勾起我的回忆，让我情不自禁地想起前一次住院时，我所亲历的一件事情。

那是夏末，前一天刚刚下了雨，清洁工赶来打开窗通风，然后，开始整理靠窗的床铺。那时，我已在医院治疗了一周，病情大为好转，不但可以下床，在征求了医生的意见后，还可以去窗边放风。

新来的病人是大高个，长得很魁梧，他是脑子里的一根小血管阻塞了，影响到语言表达。他儿子说，他这次犯病是有原因的，主要原因是每天都跑出去和狐朋狗友们鬼混。显然，他不同意儿子的说法。儿子说多了，他就反驳几句。不过，他说话实在困难，呜噜呜噜的，别人根本听不明白。

他住到了靠窗的那张病床上。

他躺在那里，努力抬起那只不太好使的胳膊，歪着嘴角，用力发出几个单音。

"什么？"儿子侧过耳朵，分辩着，"哥们儿？"

他点头。

儿子用力地甩了一下手，大声地讥讽着："算了，算了，可别再提你那些哥们儿了。"

他强调："哥们儿。"

儿子有些愤怒，斥责道："你说谁？谁？你提的那几个人我一个也没见过，你提他们干什么，有用吗？"

他摇摇头。

儿子做买卖，生意上忙，不能全天候地照顾他，于是，请了一个护工日夜陪在他身边。起初，是有一部手机在他手里的，他打针的空余，还让护工帮他打电话，呜噜呜噜地和人交流，开心处笑得合不拢嘴。说来奇怪，他说的那些话，我们很难猜测，但是和他说通话的人，都能一一应答。

我明白了，和他通话的人，就是他的那些哥们儿。

他住院期间，儿子不时地过来，给他送点衣服和水果。

他依然想向儿子解释："哥们儿。"

儿子不屑地说："和你说多少回了，别提你那些哥们儿，能替你？还是能伺候你？要不是你天天去找他们，你也不至于有今天。"

他有点儿着急，用力地摆动比较听话的那只手。

那是一个否定的手势。

大概是护工向他儿子反映了他打电话的事——护工是嫌麻

烦，儿子异常激动，他不由分说地没收了他的手机，并把他手机里的微信删了。他吃惊地睁大眼睛，脖子有点上挺，张开的嘴巴努力地合上，胸膛里、喉咙间似乎有气流在冲荡。

疫情防控期间，医院的管理十分严格，病患出不了住院区，外人也难入内探视。这间小小的病室里除了我、他，还有一个护工，很少有人踏入，医生和护士的例行工作一完，我们就都陷入沉默。起先他的那些电话虽然有些嘈杂，但也能活跃一下病室的气氛，自从他的手机被儿子拿走了，我们的病室像一个人迹罕至的沙漠。

一天。

两天，三天。

连续几天都是如此。

护工的大部分时间是玩手机和睡觉，我精神好的时候看看书，他则躺在那里望天棚，嘴里轻声地自言自语，说一两个字，便长久地停下来，似乎在回忆，又好像在沉思。

有一天，他上卫生间回来，无意间看向窗外，脚步一下子停下来。他原本弯曲的背向上一挺，嘴角迅速地朝耳后咧开，双手探出去，稳稳地抓住窗台沿儿，大大的脑袋把脖子抻长，嘴里发出像豆子在蹦跳一般的笑声；进而，他把整个上半身靠在窗户前，手臂一举一举地和什么人打起招呼。

护工走过去看，不屑地摇头。

我用目光询问。

护工说："楼下有几个人。"

出于极大的好奇心，我也下了床，慢慢地凑过去，想看个明白。我们这扇窗户正对着医院的侧门，门外是一条巷子，和正街相比，略显得有些冷清。因为侧门常年上锁，并无人从这里通行，窄窄的马路被楼体遮挡着，幽暗又拥挤。可是，就在这条曲径上，站着三个和病友年纪相仿的男子——一个戴着帽子，帽檐已经坍塌；一个只穿着跨栏背心，双手高高地在头顶拍着巴掌；另一个有些驼背，他需要侧仰起脸才能把目光和病友对接上。他们都很兴奋，状若重逢，抢着说话，打着各种手势，谁也顾不上谁，只有脸上的笑容和皱纹互相撞击和重叠，就像是从一个模子里抠出来的。

"哥们儿。"他向我介绍。

说心里话，我也莫名地替他高兴。

就这样，他们交流——如果这也算交流的话——一会儿，那三个人就知趣地离开了，他们用他们互知的方式表达，明天还来看他。

哥们儿走了，他并不显落寞，反而格外地知足，也许是对生活又有了期盼，他的精神面貌发生着根本的变化，该吃药的时候吃药，该睡觉的时候睡觉，见我不忙，就抓住时机和我说几句话，除了说自己，更多的是说他那些哥们儿。

那些哥们儿每天都来看他，有时是三个齐全，有时是两个人或一个人，但是一天不落，他的窗外总会有人等他。他们比画着吸烟的动作，然后摆手否定；又空握了拳，比出一个酒盅，做喝酒状，然后大力摇头，"气愤"地把手里的"杯子"摔掉。慢慢地，我看明白了，他们是在鼓励他，当然也是共勉，不抽烟，不喝酒，大家一起去走路，锻炼身体。

他有了依靠一样，感觉很安全。

我好像才突然想起问他们的年纪。

都已经七十多岁了。

时间过得真快，一晃，他该出院了，他把这个消息告诉他那几个哥们儿，大家都很高兴，他竖起两个手指，比成一个"胜利"，楼下的那三个哥们儿搂着肩膀，围成一个小圈子，在原地转起来，他们哼唱着一首老歌，节奏整齐又铿锵。

突然，他停下来，望着自己的哥们儿出神。他的哥们儿也沉默了，好像不约而同地想到了一个严重的问题。就这么静止着，被时间雕塑了一般。不知为什么，他们突然哭了，肩膀一耸一耸的，像提早飘零的几片树叶。

我知道，他们这是在道别。

以他儿子的脾气和态度，他出院后，他们再见面恐怕难了。

——他们道别，既是向彼此的余生道别，也是在向他们那个时代特有的不可磨灭的温暖道别。

年夜饭

今年雪大，亲友家的丧事也多，先是父亲的一个老同事离世了，父亲虽然不在了，但我们依然要替父亲去送一程。母亲主张也赞同我们这样做，人情不能完全随着岁月滔滔而被刻意掩埋。所谓无情，也正是这样的说法。母亲一直强调这一点。前不久，姑父也因病逝去。他和姑姑还有父亲、母亲都是从年轻的时候就感情融洽，相处甚笃，所以姑父一走，母亲又一次受到冲击。

母亲很刚毅，年轻的时候就带着我和妹妹在乡下生活；和父亲两地分居，家里的大事小情都是她一个人管理。她太渴望团聚，所以，对年节的规矩也渐渐形成了自己的原则。多少年了，父亲在也好，不在也罢，逢节假日，全家必须在一起吃一顿团圆饭，一个也不能少，且无论老幼，不准请假。如果某一个成员有事实在不能参加，那就提前或顺延。

还有，必须以长辈为中心。

长辈在哪里，哪里就是家。

她的规矩很烦琐，但我们也很受益。

我们的内心都承接着一份来自家的温暖，这份温暖足以让我们抵御任何生活中的困难。一个和睦、温暖的大家庭，想必也没有什么困难是不能克服的吧？

姑父去世是在年末，紧接着，立春了，马上就要过年。

母亲已经八十五岁了，身体大不如从前，但她依然操持着年货的准备。首先是必需品，鱼——年年有余；鸡——要有积蓄；猪蹄——抓钱；蒸肉的食材——蒸蒸日上；丸子的食材——团团圆圆。其次，还要亲自熬皮冻、制酱牛肉。各种青菜，冻梨、冻柿子，糖块儿，瓜子、花生，大小红包。

不比往年，往年这些都在她脑子里，今年，她找了一个崭新的本子，把一切都写得清清楚楚。

她对我说："今年熬冻子，你来帮我吧，我一个人干不动了。"

我有一搭无一搭地应着。

她说："你别对付我，眼瞧着到年根儿了，你得过来。"

我点头，表示我记下了。

她拉着我，一起站到日历前，用笔一一圈点。

我们家就我和妹妹两个孩子，父母退休后，一直和妹妹生活在一起。妹妹的条件比我好些，妹夫是上班一天一宿，可以连休三天三宿。老人有他们的陪伴和照顾，我们放心。工作忙是借口，我对父母的陪伴的确没有妹妹、妹夫多，日子久了，这也成了一种习惯。

每年过年，我们一家三口都是年三十儿即赶到妹妹那里，大家一起守夜，给父母磕头，上香，放炮，包饺子，往饺子里包钱和糖，然后在吃年夜饺子的时候，争夺着吃出财富和甜蜜。

我如约去帮母亲熬冻子。

母亲说："去你家熬吧。"

我一愣。

母亲说："从今年起，年年在你那儿过年、吃年夜饭。"

我欣然同意。

几年前，我的单位搬迁，为了上班方便，当然也出于母亲年老的考虑，我在离妹妹家不远的南部新区买了房子。房子一收拾完，我就曾提议过去我那里过年，可母亲不同意。她的理由很简单，我的工作是编编写写，案头的事情一来，没日没夜，没时没晌，人多对我影响太大。往年那些正月，我的情况也的确如此，思路开阔了，抬腿就走，到了饭口，人再回来，热热闹闹的，也算另一番井然。

说了几次，无果。

也只好顺从她。

听说今年要去我那里过年，妹妹和妹夫都不同意，几十年的习惯了，猛地一改，总有诸多麻烦，母亲却一再坚持，他们也只好放弃自己的执念。于是，一家子从小年就开始忙活起来，祭灶，吃灶糖，收拾猪肉皮，把该蒸的、酱的、煮的提前加工，年夜饭的菜单也定出来。

妹妹开始大包小裹地往我这里拉东西，今天一后备厢青菜，明天饮料、水果；妹夫把白酒、啤酒备上；孩子们也把单位分的福利送到我这里。我那本来挺宽敞的后凉台，也因此变得拥拥挤挤。

说实话，旧格局被打乱，孩子们很不适应。

可母亲有条不紊地协调着。

一切准备停当，母亲把那个本子交给我，说："这个你留下，以后过年不抓瞎。"

"抓瞎"是我们东北话，意思是没头绪。

母亲还嘱咐妹妹和妹夫去"青怡坊"买了一盆橘子树，并执意由她出钱。她让他们挑一棵树干粗壮的，结满橘子的，要茂盛，要兴兴旺旺的。妹妹、妹夫知道取"橘"的用意，痛痛快快地帮她把树搬了回来。橘子树进屋那天，她高兴得跟什么似的，围着橘子树转了好几个圈儿，一脸的满足把眼角的皱纹都拉长了。

除夕到，我们要开年夜饭了。

吃饭之前，我和媳妇、儿子要给母亲磕头，妹妹、妹夫和外甥女也要行礼。然后，她把红包一个一个地发给我们。我们当然也把孝敬她的红包递上，递上一年的祈愿、祝福。

今年有点不同。

她只收了我和妹妹的红包，孩子们的红包她让我接，而且，给孩子们的红包也让我发放，她决意撒手不管了。

妹妹开玩笑说："妈，你这规矩改得有点儿太大了，说一千道一万，你还是向着儿子呦。"

母亲只笑不答。

吃着年夜饭，拜年的电话也就一个接一个地响起来。

姑姑的年纪小，母亲是她嫂子。每年都是姑姑的电话先来，给母亲拜完年，我们依次再给姑姑拜年。今年情况不一样，母亲把电话先拨过去，我们抢着拜年，之后，母亲拿着电话去了卧室，她们要说些姑嫂间的贴己话。

她们说话的声音时大时小，我们听得也是断断续续，大致意思如下。

母亲安慰了姑姑一番，并说好天一暖就去看她。姑姑自然也问，今年为什么改到我这里过年了，每年不都是在妹妹那里吗。

母亲说："他们都走了，我们的来日不多，我们没了，孩子们过年不能没地方去。"

她说："长兄如父，我不在了，他就得把这个事儿担起来。"

姑姑大概说，在妹妹那里过年还不是一样。

母亲说："我在，那儿是家，我不在了，儿子哪有去闺女家过年的道理？再说，我没了，闺女的娘家不能没呀！"

一句话把我们的眼泪都说出来了。

春 兰

王元涛去韩国旅居是几年前的事。走的时候，天还热；现在，他回来了，天却还凉着。他样子没怎么变，略略卷曲的头发，黑脸，一笑露牙，只是话比以前更少，似乎又多了几分的城府。依旧喝酒，大口，按照朝鲜族的规矩，转回半个身子去。

他是个汉人。

他去韩国的原因有两个——我是这么想的——一是他想换换环境。长春这地界，有的时候压人，压得人气闷。王元涛是一个耐力极强的人，心里有什么，表面不动声色；多大的困难放他肩上，他也是笑呵呵地扛着。越是这样的人，心里边越苦，而他的苦，又总容易被最亲近的人所忽略。比如，他原来工作单位的一个老总，对手下的编辑有一个不成文的规定，不许给别的杂志写稿。这规定没有写在纸上，可是写在老总的脸上了，他看见手下编辑的名字登在了别处，脸就沉着，他的脸像晴雨表，极度地彰显着他的情绪和意见。编辑都不许写，何况王元涛还是一个编辑部的主任。这只是一个例子。王元涛去韩国的另外一个原因，了解他的人都再清楚不过。王元涛是汉族，可他媳妇是朝鲜族；王元涛在中国，可他媳妇在韩国，他们的孩子一天天长大了，分置两处的家总要有个归宿，媳妇是不能回国的，所以，王元涛只好带着孩子去韩国。

这一去，就是好几年。

王元涛是学政治的，毕业后分到长春市第十一中学教书，据说他的学生都很喜欢他，因为他能把政治课上得生动而幽默。王元涛如果选择教书，一定是一个好老师，可他偏偏喜欢写作，喜欢写小说。写小说总得有一个写小说的氛围吧？于是，他通过考试，考到团省委办的杂志当了编辑。

这一干，就是好几年。

初来杂志社的时候，他编的是一本小刊，名字叫《环球少年》。当年，这本杂志搞了一个"全国少数民族小学生作文大赛"，旨在提高少数民族孩子的汉语水平。别的编辑抓耳挠腮，不知道去什么地方组稿，王元涛却镇定自若，从"总编办"搬来一个全国的电话簿，一个省一个省地找，一个县一个县地查，几天下来，几百封信寄往全国各地，一个看似有难度的大赛被他搞得风生水起。

王元涛的身上，有许多别人看不到的能耐。

比如说，他的女儿格格，从小就在他身边长大，他一个大男人，硬能把女儿教育得毫无性格偏失，身心双健，品学兼优。他坚持每天给女儿写一篇日记，记录她成长的点点滴滴，记录她生活的每一个细节。他的日记形象而生动，许多女人看了都会落泪。

比如说，他在《南方周末》上开专栏，一版一版的，写的都是大名鼎鼎的民国人物。对于这些人物，他有自己的看法，有自己的观点，真有点"大胆假设，小心求证"的味道。这组"民国人物"是轰动一时的事，他的人气指数也由此开始飙升。

这类悄悄地开始，一不小心就起到"轰动效应"的事实在很多。

再比如，他在韩国，是《亚洲日报》的编委，一天一篇社评，或亚洲局势分析，或韩国政坛评述，有理有据，有节有制，有收有放，有褒有贬，且文笔干练，一般的人能做得到吗？

好像不能。

王元涛有一个朋友，也是他的小弟，叫王国华。河北人。早年考学到东北，后便留在了北方。此人个矮，脸也黑，说话口吃，外号"小磕巴"。王国华说话磕巴，唱歌却不磕巴。他刚认识王元涛的时候，还在东北师范大学学工商管理，因为喜欢写诗，便抱着吉他来编辑部投稿，自己写词，自己作曲，自弹自唱，唱得怎么样先不说，就是这股闯荡劲儿，足以让人刮目相看。

王元涛对他刮目相看。一看，还真看出个人才。十几年的磨炼，王国华已经是国内数一数二的小品文大家了。如果你有兴趣，可以上网搜索"易小寒写字"，那就是王国华的博客。现在，他也写历史小品文，一天一篇，耐读耐品，颇可玩味。

一天一篇，仅这一点，王元涛和王国华真像！

王国华有一个最大的优点，老实。地上掉十块钱，如果不是他的，他绝对不捡；他欠了别人什么东西，一天不还，一天就睡不好觉；他答应别人什么事，如果没有结果，就坐立不安……凡此种种，莫不如是。

王元涛去韩国，国内的专栏却还开着，稿酬一律由王国华经管。这几年下来，零零散散的，也有两万余元。有一段时间，王国华要买房子，东拼西凑，就差几万元的事儿，可是，他一点也不敢动这两万元的心思。其实动了也没事，有了补上就得了呗，可是他不敢。他最害怕的就是：王元涛突然从韩国回来了，就指着这两万元度饥荒，可他却把两万元给用了。

害怕的事就不能让它发生。

现在，王元涛真的从韩国回来了，真的需要这两万块钱在北京暂居，而王国华真的就把两万元钱给送去了，他心底的一块石头也落了地。

春天了，下雨了。

王国华站在窗前打电话。

"哥，干啥呢？"

"写字呢。"

"我也写呢。"

于是，两边嘿嘿一笑。

王国华的新书就要上市，而王元涛的新作《孔子》也要发行了，这个春天因为有了这两件事，也变得有些韵味了。

老赵哥

去北京学习，一下子就认识了老赵哥。老赵哥喜欢喝酒，喜欢胡说，喜欢写小说，喜欢忘记一切不愉快的事情，所以，总体上来看，他是一个快乐的人。我有一个在别人眼里不成立的"悖论"，快乐的人本质上是善良的。

我和老赵哥是老乡，有了这层关系，彼此贴近实属正常。

到京的第一个周末，一起来学习的学军就建议说，去京郊看朋友。不知为什么，我那天的心情有点莫名的糟糕，从坐地铁开始，便说什么也打不起精神来。学军看出我情绪的变化，便一遍遍给老赵哥打电话，借着问路的只言片语，向我传递他心底的关心与安慰。

换乘，换乘，再换乘，我们的目的地终于到了。

老赵哥在那里接站，我们在秋风中握手，互相介绍，就算认识了。我们以为马上可以吃饭，结果老赵哥又约了其他朋友，去更远的地方就餐。学军说，老赵嫂看得紧，老赵哥的口袋里永远不会超过一百块钱。听了这话，老赵哥只是笑，并不多作解释。老赵哥话多，跳跃性强，一般人的思维跟不上他。

请客的是当地文联的朋友，大家除了常规的礼貌性地交流，彼此言谈都很拘谨而小心。

老赵哥向在座诸位介绍我时，有点夸大其词，话语间可以感知他对我的创作经历和作品的不了解。但他一再强调，我如何如何"厉害"，为了显示我的"厉害"，还把我们老家几个"不厉害"的角色提出来，大肆贬低一番，使得我们之间的"熟络"和亲近连他的老朋友学军都要大大地吃惊一番。

吃过饭，天已大晚，回去的地铁一定是没有了，老赵哥执意不让我们住宾馆，直接把我们拉到女儿空置的房子里，一人一张床，借着酒劲儿得了一夜安睡。老赵哥的女婿是开酒厂的，家里有许多好酒，学军要打开一瓶喝，他找百般借口不让，而是跑到楼下超市买了一打啤酒，让我们就着花生米和蚕豆喝了。

他说："那不是我的，我不能拿给你们喝。"

就是这个细节，让我对他的小气有了一份尊重。

第二天早晨，我起得很早，推窗望去，不想却被窗下的柿子树吸引住了。正是九月中旬，枝头的柿子已有了一圈红晕。

我说："老赵哥，等柿子熟了，给我留两个。"

他凭着阑珊的酒意说："什么一个两个的，给你一箱。"

这当然是笑话。

又一次去京郊，已经是十一之后了，学军因为生计的事，颇有一点闹心。就提议再一次去看老赵哥。他说："和老赵哥认识二十几年了，属于见面烦，不见面还想的那种朋友。他比我们大，却一点也不担事，小时候，一起打架，他怕事情闹大，竟跑到派出所'投案'去了，不但'投案'，还把警察领去我们家，作为他立功赎罪的决心和佐证。"

"完了呢？"我问。

"按治安条例，罚款呗。"学军回答。

我说："我是问老赵哥作何解释？"

学军叹了口气说："他的解释倒是合理，他说，我就这么一个女儿，还小，我要是出点什么事，她不就完了吗？"

我没有再说什么，心里却多少有些明白，上次在他女儿家里，他为什么不喝女婿存的好酒，他是害怕女婿看不起自己，从而连累了女儿。

是不是这么回事呢？

我愿意在心底肯定自己的这种假设。

老赵哥是典型的酒疯子。第二次我们去京郊，一出地铁，他就站在一家小店的门口招手呢。我们要了三个菜，一瓶"绿牛二"，听他一个人吵吵闹闹地对着下午的时间。晚上约好和一个朋友吃火锅，现在去还早，他便自作主张地先摆了一桌"间餐"。一杯白酒下肚，他便一个劲儿向我道歉，说："上一次见面，说话口无遮拦，有的也说，没的也说，真是得罪了。今天说的是真话，你的小小说我看了，整整一本，全看了，好，真好，服了。"我把目光投向学军，学军点点头，肯定他这一次说的全是真的。

老赵哥说："还有，上一回说别人的作品不好，也不对，没必要那么损人家，不管怎么说，都是写东西的。不应该，不应该。"

我和学军都忍不住笑了。

那天吃完饭，我们直接打车往十渡走，走得天都黑透了，才看见一片小区外的马路上有几处灯光闪烁。请客的朋友早到了，并点了一桌吃食，大家点点头，报了姓名，便毫不客气地胡喝起来。请客的是一位名人之后，快六十岁了，玩写字，玩画画，玩唱戏，昆曲唱得十分了得，而且是反串，眉眼、身段均一丝不苟，可圈可点；作陪的是一位"海龟"画家，六十岁，画油画，喜欢格列柯，对色彩异常地敏感。我们喝酒，什么时候喝高了，不知道，第二天早晨醒来的时候，还在酒桌上，只不过火锅店转成了小吃铺，怎么来的，怎么又喝上的，不知道，只记得老赵哥不停地说："都不是一般人，可惜一生就这么过来了。都没什么大成就，但就一点，活成了自己，和别人活得不一样。"

想一想这话也对。

我和学军在北京的学习时间是半年，转眼新年过了，我们结业的时刻也到了。有一天，老赵哥风尘仆仆地跑来看我们，见面就说："带钱了，带钱了，今天谁也不许张罗，全我来。"

虽然不是惜别，但愁绪还是在一点点凝聚的。我们找了一家街边店，先白酒后啤酒，末了，又是人仰马翻。这中间，老赵哥离席了一段时间，回来时，手里拎了一塑料袋冻柿子，他说："女儿家窗下的柿子是物业的，咱不敢动；这个是我买的，兄弟随便吃。"他将塑料袋放下，又身体后缩，紧紧地一扯，说，"刚喝完白酒不能吃，容易得结石。"

他一脸的真诚，半点玩笑的意思也没有。

我对学军说："等哪天，你把老赵哥的小说找两篇给我看看呗，他应该写得不错。"

登 枝

我结婚的第七天，喜子来了。我们在一起喝酒，看月亮，然后，他对我说："没车了，回不去了。"

我说："去我家睡。"

他也没说什么，站起身，跟着我走。

到了家，小睿正在洗头，喜子打了一个招呼，之后，就一头扎在地毯上，呼呼熟睡。他横在地中央，我们每次进屋，都得绕着他的身子走。像转经。小睿问我："咋回事呀？"对了，小睿是我的妻子，那一年我们才二十三岁。我说："喝多了。"说完这句话，我也趴到地毯上，沉沉地进入梦乡。

第二大早晨，我和喜子几乎同时醒来，阳光照在我们的脸上，刺痒痒的。我们坐起身，见小睿一个人，盘膝坐在床上，一脸倦容地看着我们。喜子的脸红了一下，说："回了。"不等我说话，一个人穿上鞋，扑通扑通地下楼去了。

那是1989年的10月，喜子还不到三十岁吧？

喜子矮胖、黑，眼睛大、牙大，说话声音大。他的家在营城——那时还是一个未被废弃的矿区，产煤，煤质曾经很好。20世纪70年代，如果谁家能够买到纯质的营城大块煤，那在邻居之间是颇可炫耀几日的。

他是一个矿工，或者说，是一个矿工的后代，因为喜好文字，所以被安置在矿部工作。

1982年，我未通过学校的高考预考，所以提前离开了校园，在社会上游荡期间，认识了喜子。那时，我已经发表了两首小诗，所以，颇像一个诗人一样四处行走。那是一个遍地都是文学青年的时代，无论你走在哪里，都会有"诗人""作家"主动跳出来请你喝酒。

我去营城的时候，也是一样。

阳光洗白了斑驳的马路，我和思宇——一个诗人，沿着长长的铁道往营城走，二十几里路，一眨眼的时间就到了。电话昨天就打了——那时，营城的电话还是三位数——今天中午就是去吃午饭。过弯道，上坡——那里有一个邮局，再转弯，就是文化馆。喜子和张云卿坐在办公室里等我们。张云卿也是一个诗人，刚刚获得煤矿行业的一个奖，牛得不得了，他吸烟，手指弯成半个圆。我们一见面，就大谈特谈徐敬亚、吕贵品、舒婷。那时，诗人太多了，每个省成名的诗人就好几十个，所以，我们有说不完的话题。

唠到中午，吃饭，在大食堂——矿区特有的那种——用票买啤酒，一个个把肚子灌得溜圆。

一只苍蝇在飞。

云卿用筷子去夹。

喜子也用筷子去夹。

苍蝇飞走了，他俩互相摇着头，叹息说："多好的一道菜呀，可惜飞了。"

一个小小的细节，让我领略了诗人无限的风采。

喜子家旁边有一个灯光球场，那是我最喜欢的地方。我和喜子以后的交往中，多次与灯光球场有关。坐在月华如水的台阶上，他给我讲结婚的快乐和苦恼，总觉得自己是一个文人，内心有无限的锦绣，可是，家人都不理解。那时，我还没有恋爱，所以，他说的这些我不懂。

我是一个孩子。

可是，他已经是一个成年人了，而且，有一个小女儿。

因为熟了，去他那里非常频繁，每次去，都下馆子喝酒，喝多了，就去他家的小屋里睡觉。我不认为这有什么失当，朋友之间就应该如此。现在想来，这是多么幼稚而可笑的认知啊！简直愚蠢至极——连天真都算不上。我忘记了，喜子一个月才几十块钱，他和嫂子的工资加起来，也不到一百块钱，上有父母，下有女儿，哪有那么多的闲钱请我喝酒啊。

两年左右，喜子终于挺不住了。

但我依然看不出他脸上的难色。

又几年之后，我们的关系终于淡薄了，我十分不解，也从未在自己身上寻找毛病，而且，我还和许多朋友表示，喜子这个人变了，变得冷漠了，大不如从前。

当然，朋友中有同意的，亦有不予置评的。

这一晃就是二十年过去了。这期间，每次坐火车从营城过，总会想起过去，也会想起喜子，想起灯光球场，想起月亮。但也只是想一想，从未动过下车的念头。

终于又见面了，是在诗人思宇的侄女的婚礼上。喜子来了，头发白了不少。很明显，他又恢复了我记忆中的热情，问我这么多年了，为什么不去营城；同时，也解释说，这些年生活压力大，和大家来往少了；不过，现在好了，他和嫂子都退了，女儿也大学毕业工作了，突然非常思念这些旧日的朋友，所以，今天就赶来了。

我问自己："你今年多大了？"

我自己回答说："四十七岁了。"

年近半百的人了，也终于明白，生活是多么艰辛的事啊，如果我们每个人都能为对方多考虑一点，那么彼此的压力都会减轻不少吧？对亲人如此，对朋友如此，对同事如此，对陌生人，更应如此。

喜子，我们还是好朋友！

稻　子

最近一段时间眼睛不好，视物不清，总是发花。正因为如此，想起一个朋友，名字叫马文武，家在九台住，具体哪个乡我记不清了。他现在在广州，开了一家盲人按摩院，用一种全新的方式，演绎着自己的生活。

我们交往的时候，我十九岁，刚刚去吉林省作家进修学院读书，利用休息日和寒暑假，常往九台去寻朋友玩耍。当然，也交流一些与文学有关的问题，但是，那时的交流实在是太肤浅了。几乎没有读过世界文学巨匠的著作，凭借着几本古典小说和百余首古典诗词，极为夸张地撑着自己的门面。

年少好啊！什么都不害怕。

对文武记忆最深的事情有两件。

一件是他结婚，我们一帮朋友约好了去参加婚礼。初冬的季节，大地已经收割完毕，田野变得宽敞明亮。我们坐汽车到乡上，然后，等待文武家的拖拉机来接我们。由于起得早，脚下踏着薄霜，树枝还没被空气冻硬，有风吹来，依然能够柔软地歌唱。树枝的歌唱很简单，要么轻轻的，要么重重的，你很难分辨哪一种是快乐，哪一种是忧伤。

拖拉机来了，我们欢呼雀跃起来，争先恐后地爬到车上，一律面对着寒流。我们唱歌，想象着一会儿的酒菜，以及酒后的放肆的欢愉，整个身心变得无比自由。

文武家的院子支起了棚子，许多人在里里外外地忙碌。在文武父母的眼里，我们是上等的客人，要上炕，而且坐头一悠。"头一悠"是东北话，第一轮的意思。我们吃完了，还有二悠，二悠过后还有落忙的，结婚摆的是流水席，热闹着呢。

那一天，自从我们上了桌，就没有下来过。落忙的人都散了，我们还在喝酒，一直到深夜，一直到每个人都醉了。

文武和媳妇住里屋，我们住外屋，肩挨着肩五六个人，盖的都是新被褥。

迷迷糊糊中，感觉文武出来了，他上了我们这铺炕，一声不响地躺在我的身边。他的衣服已经脱了，可他为什么出来了？我听见他悠悠地叹了一口气，但不知道他叹息的原因是什么。

天亮了，我们走了，文武依依不舍地送出很远。拖拉机已经走了二里地了，文武还站在那里挥手。不知是起得早的缘故，还是天气有点阴，我们依旧站在车上，依旧面对着寒流，但那种倔强的快乐一下子就消失了，大家的心里都有了一些压抑。

我问自己：那个晚上，在文武和他的新婚妻子之间究竟发生了什么？

再次去文武家是几年后，突然看到他在《吉林日报》上发表的一篇散文。文笔朴实又不失清丽，读后让我倍感亲切。突然决定去看看文武，就冒冒失失地去了，还是约了上次的几个朋友，风尘仆仆地赶到文武的家里。

是秋天，刚刚割了稻子，许多稻田地里的稻草人还没有拔去。麻雀成群地在大地上飞落，叫声单调，却有着格外的执着。

文武家正在打稻子，整个前园子已经平整成场院，脱粒机在轰鸣，空气里尽是稻草的气味。文武围着一条围巾，脸上只露出一双眼睛，但那双眼睛失去了最后的光泽，也很难查询曾有喜悦。对于我们的到来，他很木讷，没有表示过多的热情，但是，从他的举动也能看到惊讶，只是，他好像被什么东西牵引着，完全一副身不由己的模样。

　　这时，他的弱视更加严重了。

　　终于，我们还是被让到了屋里，并且他去柜盖上找烟。我本想和他说一说散文的事，但是，看见他抖抖地在柜盖上游走的双手，我的欲望被莫名的忧伤又一次遮罩了。

　　我们只坐了一会儿，便告辞了。

　　这一次，文武只送我们到门口，便止住了脚步。

　　回去的路上，我又一次问自己：这些年，在文武的身上发生了什么？

　　一晃又是十年，听朋友传来一则消息，说文武离婚了。至于什么原因，谁也说不清楚。偶然的机会，知道文武去了广州，后来开了一家盲人按摩院；又是偶然的机会，和文武通了一次电话，在电话里，文武的声音很平静，也略略感到一点充实。

　　但他已经彻底失明了！

　　我和他说起散文的事，也说起第二次去看他的事。他在电话那边沉默了一会，突然笑了，说："我曾经觉得自己是稻子，可以让别人过上晶莹饱满的日子。现在，我不这么想了，我就是一个盲人按摩师。"

　　我沉默了，无话可说。

我查了一下词典，确切地知道：水稻是禾本科稻属植物，原产中国和印度，在中国广为栽种后，逐渐传到世界各地。世界上有近一半的人口，都以大米为食。

岛

祝子和晓冬都是我年少时的朋友，那时，他们一个在饮马河的挖铜沟，一个在九台的近郊。晓冬年轻的时候就帅气、灵活，且遇事知进退；而祝子就不同，人长得瘦小，爱笑，说话无遮拦，没正形，人也不知深浅，场面上看不出眉眼高低。

这样的两个人，发展的结果自然不会相同。

这么多年了，晓冬的家里有生意，自己有工作，且经营得不错，买卖越来越大不说，工作也处理得井井有条，先在广播电视局，后来去文联，最近听说又到政协去任职了。而祝子就不一样了，因为能写点小散文和诗歌，便不甘心当农民了，举家迁到九台市，却又找不到合适自己的位置。在工厂做过工，蹬过三轮车，也干过其他的杂活，虽然面对艰辛生活还能保持乐观情绪，但半年的颠沛，身体和心境必然是历尽沧桑了。

想起和晓冬的友谊，开始于20世纪80年代中期，我经常去九台玩，因此认识了一批年纪比我大许多的朋友。当时交往密切的有思宇、王凤立、马文武、晓冬、祝子、温玉喜——也就是喜子，等等。大家在一起挥霍着青春和快乐，每天一副无忧无虑的样子。那时也有忧伤，有一些是真正的伤感，有一些是"为赋新词强说愁"吧？

九台当时有一所电视大学，我在那里认识了一个女孩儿，叫

L，家住在营城下边的一个小矿，交通不是十分方便。于是，她便和同学一起租了一间民居，吃住在一起，应付着每日的课程。

就是这段日子，我和晓冬交往甚密，我们常一起到 L 的小屋去玩，和她们一起探讨文学。那是一个喜欢交流的年代，思宇在九台成立了一个文学社，晓冬、祝子、L 等一群人都是文学社的成员。我们在一起的时候谈诗歌，谈读书，分别之后就通信，彼此之间非常惦念。

我每周都会去九台，有时去祝子家，有时和晓冬吃饭，但更多的时候是在思宇家住。我和 L 之间互相存有好感，这也成为当时大家的酒后谈资。不久，祝子结婚了，我们一帮死党当然要到场，新娘已经在路上了，祝子却因为要去接一个朋友而耽误了归程。后来才知道，他骑的自行车在半路上坏了，加之春天风大，道路难行，所以，新娘已经到了，他却踪迹杳杳。

娘家人不让新娘下车，一切尴尬在那里。

正在大家急得团团转时，思宇突然看见了我，上前一把扯住，死命地把我从人群里往外拉。

他说："就你还长得带劲儿点，你去把新娘子接下来。"

结果，祝子的媳妇是我接到屋里"坐福"的。

那次婚礼晓冬没来，在我的印象里，我们之间突然有了一点生疏，不像以前那样亲密了。我曾经怨恨过晓冬，认为他清高自傲，不肯与大家为伍。二十几年过去了，我突然一下子就想明白了，晓冬比我大几岁，人近而立，不能不考虑人生历程和生命归宿了。那以后，他一直是低调的，我们的来往几近断绝了。

这些年来，我和祝子一直保持着联络，这里边除了友情，也有怜惜和悲悯的成分，总想帮他，又鞭长莫及，给他发过稿子，出过"小辑"，但是，一切如杯水车薪，终究没帮上什么大忙。

祝子好喝酒，喜欢说笑话。比如，他在九台火车站蹬三轮的时候，某日夜半拉了一个洗浴中心的小姐，道远不说，歧路坎坷，等到小姐家门口，祝子几乎虚脱了。可是，那个小姐不想给钱，还说了一套理论："我们容易吗？又陪酒，又陪床，两个奶子抻多长。"谁知，祝子随口回道："我们容易吗？！穿大街，走小巷，两个卵子磨锃亮。"结果，小姐给钱不说，还多给了两块。此事一经传出，立刻引起一阵哄笑。

祝子有祝子的智慧，只是，之于这个纷繁的社会，他太渺小了。

大家都批评他，说他瞎咧咧，害人害己。起初，这种批评之声中也有我。现在，我不批评他了，因为我又想通了一个道理，对于祝子这样的小人物，你再不让他瞎咧咧几句，他还有活路吗？

让我感动的是晓冬。

去年秋天的时候，晓冬要出版自己的书，我们有机会又见面了，并在一起认真地喝了一点酒。就是这顿酒，让我知道，同时也证实了一些事情——在过去的朋友中，晓冬帮助过许多人，但他帮助最多、帮助最大的就是祝子。祝子一直在他家开的买卖里打工，活计不累，工资也不算少，有了这份收入，祝子至少可以避开风霜，让他的妻子和两个孩子获得金钱上和尊严上的一些安慰。

为此，我要感谢晓冬，并为曾经的误会真诚地道歉。

同时让我感动的还有祝子，他的身上可能有这样或者那样的不足，但是，二十几年了，他不肯放弃写作，并有作品发表，仅此一点，也足以让人佩服了。

——了解一个朋友或一种事物，不是一朝一夕的事，让我们都多给生活一点时间吧，时间会说明一切。正如我和晓冬喝酒的时候，他反问我的话。我问他有无 L 的消息，他看了我半天，反问了一句："你现在生活得不好吗？"

鲫鱼念

决定随母亲吃"十日斋"，鸡鸭鱼肉入腹的机会将越来越少。那天早晨去早市买菜，突然看见卖鲜鲫鱼的，出水时间不长，鳞片在晨曦中泛着金光。在东北，除了"冬捕地"，很少在冬天这样的季节见到如此新鲜的货色。于是，想到妻子的病，就买了两斤提回来。

找出大盆，注水，然后把鲫鱼倒入盆里，准备收拾。谁知鲫鱼见了水，竟都活了过来，一条条地在水中拍打尾巴。于心不忍，便端了盆，去家里楼下的湖边放生。

湖面结冰不厚，用砖头一砸，便破冰了。

鲫鱼得活，心下大安。

鲫鱼在冰下潜伏，有十余分钟，突然得了号令一般，箭一样四下分散了。

鱼走了，我却没走，随着这份心安，想起我的一个朋友——杨蕴崎。他也是九台人，在乡下教书，人极厚道，甚至有些愚钝，做事情一念即起不生二念，所以，他的书，教得也极好。

他固执，但不是偏执。

说起他的故事，有这么几件。

第一件，是关于果子的。

那一年，去他家里做客，正是李子将熟的季节。我天生喜酸，便摘了几颗李子吃。别人看着满口流涎，我却吃得津津有味。

"好吃吗？"他问我。

"我之最爱。"我戏答。

于是，他记住了。就是那一年，我所在的出版社请他帮助校对稿件，所以，他常在九台与长春间来往，每次来，必然要带几十颗李子给我。我们一起吃饭，其中一道"菜"必是李子，大有点煮酒论英雄的味道。

他的校对工作一直持续到深秋。

工作结束了，我们又一起去他家里做客——他得了校对费，当然要请客；于是，我们去吃农家饭。炆土豆、炆茄子、炆苞米，蒸鸡蛋酱——是我们东北的一道名菜。我去他家里的园子摘辣椒，发现这园子的一角还有一棵海棠树。半红半青的海棠灯笼一样挂在树枝上，显现出一派丰收的景象。

我摘了几个海棠，一边走，一边吃，吃得依然津津有味。

他看见了，非常纳闷地问我："你不是最爱吃李子吗？"

我没明白他的意思。

他又问："你还吃海棠？"

我说："凡是酸的，我都喜欢吃。"

他说："早知道这样，李子没了之后，就给你摘海棠了。"

李子八月即熟，海棠九月亦红，这中间差不了几天，你们说，我得少吃了多少颗海棠？！

另一件，是借钱。

就是去年的时候，特别巧合的一个机会，使我有可能改变一下家里的住房条件，房子虽然便宜，但囊中羞涩，一下子拿不出那么多钱来。除了我们双方父母和姐妹的帮衬，尾款只能向朋友求借。我没有直接向蕴崎借钱，而是向一个我们共同认识的朋友李淼张了口——蕴崎是个穷教书的，条件尚不如我；李淼却长期在外地包工程，手头略显活泛。可是，李淼当时手头也没现钱——我借一万，他只有五千。

李淼和蕴崎吃饭，无意说了此事。

谁知，第二天蕴崎就来了，口袋里揣了五千块钱。

他说："家里还有点钱，怕拿多了，你用不上，还得带回去。"

我除了感动，还有点"哭笑不得"。

再有一件，就和我开篇说的鲫鱼有关了。

曾有几年，我常行走于长春和故乡——德惠之间，每次走，都特意绕道九台，那里有一条"九德"公路，可以通过蕴崎所在的乡镇，这样，我们便可以一起吃顿酒了。

蕴崎的学校边有一家馆子，是他们常去的。所以，我去了，他便邀几个志同道合的老师，和我一同吃饭。这家馆子有一道炸鲫鱼，外焦里嫩，极其味美。每次去，都点。又一次，我去了，点鲫鱼，却断货了。蕴崎让我们先吃先喝，他到市场上转转，如果有了，便买回来。谁知，我们边吃边等，竟等了两个小时，等他拎着鲫鱼进屋，我们都快吃完了。

一问，他竟是坐客车去了九台。

这一往一返，四十几公里呢！

你们说，他这么一个人，我能不常念着吗？

不孤独

这一夜，读 2011 年获得诺贝尔文学奖的瑞典诗人特朗斯特罗姆的诗歌，其中有一首，叫《孤独》。我特别喜欢"我长时间在冰冻的东哥特原野上行走。/半天不见人影"这一句，就是这一句诗，让我看见了东北大地上，白茫茫的雪野中，匆匆移动着的又瘦又黑又小的人影，那就是李淼。

严格意义上讲，李淼是个诗人，谁也不会想到，一个普普通通的农民，在他的体内，蕴藏着那么大的对蓝天、对土地、对农作物的激情。

每次想到李淼，都会想起王凤立，我们都是极好的朋友，想起少时的友谊，处处流淌着温暖和欢乐。记忆不差的话，和李淼结识，还是通过凤立，那时，凤立还是光棍一条，他的家，几乎成了我们的天堂。

李淼爱笑，一笑起来，原本不大的眼睛眯成一条缝儿，牙齿少见地洁白。

1993 年的春天，我在《青年月刊》做记者。当时，编辑部主任交给我一项任务，写一篇关于"青年农民思想状况"的调查报告，为了获得第一手的资料，我没有走上层路线，而是直接去找了李淼和凤立，我们骑着自行车，迎着孟春三月的寒风，行进在乡间公路上。

这是我采访的第二站。

在此之前，我去过另外一个县的几个乡，那里的农村青年正轰轰烈烈地闹一场"服装革命"。他们组成模特队，穿着"奇装异服"，开着卡车和拖拉机走乡串屯地进行演出，把东北农村当时穿衣戴帽的"灰、黄、蓝"的色调冲击得一塌糊涂。

我很兴奋。

当我把这些情况讲给李淼和凤立时，李淼的"眼睛一下子黯淡了许多，许多"。

他说："还有另一面呢。"

他当时想去俄罗斯出劳务，种菜，乡里边统一组织，六个月，能挣三千块钱。他毫不犹豫地报了名。可是，他的举动受到了家里人的一致反对——包括后来带着他四处包工程的几个哥哥。原因很简单，他当时刚刚有了孩子，此时出国，在当地人看来是抛妻弃子，出了国回不来怎么办？就算回来了，挣不到钱怎么办？

全家七八口人一天一宿轮番轰炸，让他的俄罗斯之行成了泡影。

李淼说："这里边有一个问题，不是你没有想法，只要你的想法超越一点传统，一堵堵无形的墙就包围你了。你所见的，不过是我的一点家庭矛盾而已，但它有代表性。面对这样的一张网，我，我们许多人还都无能为力。"

他的这种"无能为力"的状态一持续就是十几年，直到大量农民工进城，他才得以暂时地"脱离"土地。

就是他的这番话，促成了我和他还有凤立"三乡两县"的采访。

"三乡"是兴隆乡、纪家乡和朱城子镇，它们分别属于九台和德惠的两个县。

　　我们三个人，两台自行车，二载一，轮番骑车。乡间公路有许多又长又陡的上坡，每每这时，李淼都会主动跳下车，在后边用力地推车。有他的助力，我的脚下也轻快了许多，凤立往往被甩在后边，在风中一边挥汗一边大声呐喊。

　　雪野上有大群大群的麻雀，少的几百，多的上千，一飞起来，天都黑了。

　　这是多么难忘的采访啊！我至今都难忘记它！！

　　我和李淼、凤立的骑车之行还有一次。那一次也是春天，雪已融化，大地泥泞不堪。林带的一棵棵杨树梢上，都抽出了浅浅的绿色。那时，在农村，毛衣都时兴直接穿在外边，李淼和凤立都穿着毛衣，只有我穿着四个兜的中山装。我们去接李淼的媳妇——他们刚刚闹了矛盾，媳妇跑回娘家了。东北农村的规矩，媳妇生气回娘家了，婆家是一定要去接的，不然，媳妇绝不会自己回来。这是一个面子的问题。

　　李淼人小，心眼儿却多，我们到了他老丈人家后，他放下车子就抓鸡。抓到鸡，直接给宰了。他老丈母娘跑出来，一边跺脚一边问："你这是干啥呀？你这是干啥呀？！"

　　李淼不说话，站在那嘿嘿笑。

　　他老丈人出来了。

　　李淼依然笑，一边笑一边说："妈，来客人了，烧水去。"

　　他老丈人问："你咋把鸡杀了？"

　　李淼说："姑爷进门，小鸡儿没魂。爸，我是来接陶红的。"

还能说啥！进屋，上炕，回腿——东北话，盘膝坐下的意思，卷烟，一切都变得顺理成章。

等我们吃饱喝足，驮了陶红一出村子，陶红就在车子后座上一个劲儿地捶他："刚开裆的鸡，妈不得心疼死。"

春天了，小鸡都开裆下蛋了。

2008年的初冬，李淼从他包工程的敦化给我打电话，说："哥，我写了一篇小小说，我想给你读一读。"

我说："读吧。"

他就读——一个半大孩子，在工地打工，因为工友挨了欺负，帮着去打抱不平，结果，他被打死了，却没有一个工友出来为他负责……

这应该是真事儿。

说实话，这篇小说写得一般。

但，电话那端，李淼读着读着，竟泣不成声。

我沉默了半晌，说："给哥寄来吧，哥给你发表。"

这篇小小说就发表在《2008最适合中学生阅读小小说年选》上。这是李淼的第一篇小小说，我想，一定不是最后一篇。

写李淼的同时，我也想起了凤立。这些年，我们闹了一些矛盾，我固执，失了宽容；他偏狭，略有一点自私。这么多年过去了，我真心希望我们都有进步，像李淼一样，为了新的一天努力改变自己。

景二哥写字

二哥景喜歙，是个书法家，幼学褚遂良，功底深得很。在九十中学当学生时，他的课桌上就置着文房四宝，笔、墨、纸、砚，一样不少。别的同学抄笔记用钢笔、圆珠笔，他抄笔记用毛笔，且蝇头小楷，工工整整，不露破绽。不敢写行书，老爷子手里有戒尺，也有话跟着："走都没走好，还想跑？！"

那时，老爷子还活着，家里规矩多。

不过，老爷子也是一个开通人，伪满的时候，当过派出所的所长，见过世面；加之是清朝的遗老遗少，一招一式，一静一动，都透着那么一股气势。随着家道中落，那气势薄了、小了，但一点也不影响其丰满。鸽子蛋小，可你不能说它不是蛋！

老爷子写得一手好字，最喜欢写：莫等闲，白了少年头，空悲切！

挂在墙上，是个警示。

二哥高中没等毕业，就上班了。应该是接老爷子的班。老爷子在单位是电工，级别不低，这活儿二哥干不了，于是，就干些自己能干的。先是挖地沟，后来又去食堂炒菜。别的师傅炒菜，只用铁镟上下翻炒；二哥炒菜，能炒出书法的味道，正因为如此，他的苦闷在横平竖直中得到了消解。

说老爷子开通，是因为他允许二哥喝酒。黄昏里，一老一少铺毡对坐，小菜二碟，酒盅两个，边喝边聊。这时聊的是诗，是画，是字，是印。高兴了，老爷子就唱一段《虞美人》，唱一段《满江红》，唱完了，聊人生，终归一句话：莫等闲，白了少年头，空悲切！

老爷子死的那年，刚满六十岁。他上窗台拿东西，下来的时候就不行了，一头栽在地上，一句话未留，走了。别人说老爷子没留话，可二哥说留了，早就留了——莫等闲，白了少年头，空悲切！老爷子走的那天，二哥正从德惠返九台，本想在诗人思宇家住上一日，可不知为什么，心里突然慌得很，觉得有事，说什么也要走，谁留也留不住，结果真的有事，一到门口，有邻居就问：

"你知道信儿了？"

"什么信儿？"二哥越发懵懂。

"你爸没了。"

"什么？"

"你爸……"邻居忽地闭了口。

二哥说什么也不敢相信自己的耳朵，三步并作两步，似乎要赶什么。赶什么呢？再赶也赶不上了。老爷子，没了。

老爷子不是一个平凡人，"文革"时，全家下放到前郭尔罗斯，没粮吃，他也不曾愁过。愁有什么用呢，用他的话说，江里有鱼，甸子上有菜，泡子里有菱角，有鸡头米，老天爷还能饿死瞎家雀吗？不能！一家人苦渡难关，硬熬回城了。

在乡下，别人家杀猪，响动都很大，唯有老爷子杀猪，几乎没有动静。一根8号电线，通好电，慢慢地把猪引到自己近前，给猪吃苞米，给猪挠痒痒，时机成熟了，8号电线猛地一划，猪连哼哼都来不及哼哼，放倒了。

杀猪如此，治耗子也是一样。

有一段日子，耗子闹得凶，几乎把房盖给掀了。邻居建议下夹子、投药，老爷子都是笑着摇头。他不慌不忙，用8号电线在屋子里盘出一套电鼠系统，然后，静等那蠢物来犯。耗子哪知道这些，半夜里照来不误，刚刚还上蹿下跳的，老爷子一合闸，立马躺倒一片。再来再打，有来无还，几天时间，足足打死一推车耗子。

老爷子堪称灭鼠大王。

二哥的身上就有老爷子这股子劲儿。他写楷，一写就是二十几年，到了四十三四了，才突然写起草书，他的草书和别人的不太一样。怎么不一样？行家里手不一定说得清楚，外行就更说不清楚了。飘逸，根深本不乱；厚重，漂拓水流声。就这十四个字。再往开了说，就没意思了。

二哥悬腕画线，从始至终，可以画得粗细一齐，几乎不差分毫。去中央美院进修前，他不会画画，但他会画线，一整幅的永乐宫壁画，他能把每位神仙的头、脸、手、脚、衣饰、褶皱、祥云、器物摹得十分精确。用他自己的话说："我不是画，是在写。"

有趣。

二哥现在当了文化系统的一个小官，官不大，应酬却不少。他从不摆官架子，把自己当成长春市艺术家的服务员，艺术家们有什么事，只要他能办的，一定尽力。这是他的美德。美德得以彰显，自己的时间却大大地被占用了，他不敢荒废自己，身边总带着笔墨，一旦得闲了，就调息运气，阒静内心，铺开宣纸，饱蘸香墨，认认真真地写一个"永"字。

永远的"永"。

二哥的字，民间不多。有少时同学收藏了他一个方格本子，上边是他的蝇头小楷的笔记。这个本子珍贵了，可能连二哥的手里也没有。同学把本子拿出来，于灯下把玩，同学的女儿看见了，问："爸，你看什么书呢？"

"不是书，是笔记。"

"什么笔记？"

"手抄的笔记。"

孩子好奇了，趴到近前看了又看，最后说了一句话："骗谁呀？这是印上去的。"

捡骨灰

那一年坐在五台山上，就想这件事。

正赶上盂兰盆法会，便为阿氓添了一个名字，希望他可以早日投生。

就想这件事——我们为什么要这样做？难道真是前世的缘分？还是我们本心如此？

阿氓是一个记者，曾就职于《新文化报》《城市晚报》等多家媒体，愿意写大稿子，一是可以弄出个响动，令人刮目相看；一是大稿子稿酬总会多一些，评了好稿还有奖金，有了这些钱，他就可以生活。阿氓独身，早就离异了，有一个男孩，跟着前妻。我对阿氓的前半生了解不多，所知道的也不过上述这些，他和我的另外一个朋友——小说家袁炳发关系好，所以，我们的关系也略近一些。

但严格意义上讲，我们还是两个圈子里的人。

阿氓死了。

有武汉《知音》的编辑来找他组稿，他请人家吃饭，吃了饭，回去时已是半夜，被抢劫的盯上了。抢劫的是几个毛孩子，下手狠，阿氓和他们搏斗，不想被刀扎中了要害。

阿氓死了，自然要有人帮着料理后事。

可不知为什么，平日里和他要好的几个人，似乎不那么热心，好像怕招惹上什么是非，吞吞吐吐，左顾右盼，只等着事情快点结束。倒是几个和他关系不咸不淡的人，此时出了头，帮着张罗前张罗后的，直至把他送走。

田成林就是一个。

田成林，大疤瘌脸，烧的，年轻时还上班，在车间里干活，突然，乙醚着了，大家都往外跑，他也往外跑，跑两步又跑回去，生拽出两个发傻的人，就烧了，浑身上下扒了一层皮。他以为自己活不了了，谁知，在医院里住了几年，硬捡回一条命来。命是捡回来了，其他一切基本毁了。应该说，他现在的世界是他自己重新构建的，他在这个世界里找到了平衡。可他现在的世界和过去又有什么两样呢？吃没变，穿没变，亲人没变，朋友没变，他的心没变。于是，他命令自己，思维也不能变——正常照镜子，见人说话，从不避讳别人好奇的目光，尽量别吓唬小孩子。

就这样，他活过来了，从精神到肉体。

田成林好赌，现在不赌了，有时实在技痒，也摸两把，但绝对适可而止。他有一个漂亮媳妇，很能持家，一个人经营一个小超市，支撑着一家人的生活。这个超市不大，有三十几平方米，里外两间，货品齐全，堪称长春市最早的超市之一，有二十几年的历史了。原先由田成林经营，婚后，便由他媳妇接手了。田成林"弃商从文"，写得一手好文章，曾被圈内的朋友们封为"长春的张恨水"，因为他同时在市内的三家晚报发表连载，大大地征服了一帮读者。他白天睡觉，晚上写字，属于典型的夜猫子。他为什么戒赌了？就因为他媳妇的一句话，媳妇说："要么你赌，咱们离婚；要么戒赌，好好过日子。"

就这么简单。

他不傻，这么好的媳妇哪儿找去，何况，还有一个花儿一样的乖女儿。

田成林有一个小院，就在他的窗前。春天来了，他把小院收拾一新，安放了桌椅，种上了花草，专供朋友们喝茶、聊天。小院里有一棵桑树，夏初开始结葚子，紫紫的，随风落了一地。

这棵树的桑葚我是吃过的，不知道阿珉吃过没有。

阿珉死了，送去火葬场火化，火化完了之后，得有亲属收骨灰。阿珉有一个弟弟，一直忙着打点场面，不能去捡骨灰；阿珉的儿子太小，不会捡骨灰，那么，阿珉的骨灰谁去捡呢？总不能放在那里晾着。于是，田成林站出来，也不说话，只是牵了阿珉儿子的手，抱着骨灰盒进屋去了。不大一会儿，骨灰捡回来，也是一声不响地交给阿珉的家人。

人，总是有感知的吧？

那天夜里，田成林做了一个梦，梦中看见了阿珉。

阿珉说："大哥，我怎么报答你呢？"

田成林说："报答啥，都好好的就行。"

是呀，都好好的就行！

夏日的黄昏里，如果你有机会走到岳阳街，一定会看到一棵桑树——那应该是长春市内仅有的一棵桑树，是田成林从河北老家背回来的——看见桑树，没准儿就会看见桑树下坐着一个满脸疤痢的人，喝茶水，抽卷烟，烟雾一缕一缕的，在他周边氤氲。

这个人，应该就是田成林。

祭　台

前年的这个时候，我一个"大哥"死了，年仅四十五岁，这个"大哥"是我的同学，按年龄，他的岁数应该比我们小——印象中如此，现已不可考，考也没有什么意义了——但他却成了我们的老大。

我曾经就读的那个高中班，是一个大班，有八十几个人，却只有十几个男生，男生少，便显得势单，于是，几个人自然而然走得很近。人一近，就会产生感情，日子长了，几个男生磕了头，拜了把子，成了兄弟。报生辰的时候，老大抢先报的，于是，"抢"了一个老大。

我一直是这么认为的。

老大这个人，自小就淘气，你越不让他干什么，他越干什么；你想让他干什么，他偏偏不去那么干，处处显着他的权威性。他是一个万事通，什么事都能讲得头头是道，什么东西都能看出个机巧。可以说，他是一个热心人，谁有个大事小情了，找到他，他总会尽力，就算尽不上力，也会跟着你着急想办法。另一方面，他责任心又不怎么强，有时办事马马虎虎的，让人看着悬乎。他贪玩，四十几岁了，依然如此，像个永远长不大的孩子；他还好吃，对吃似乎很有研究，自己也吃得很胖，走路都有点移不开步。

说吃，有一件事。

老大曾在银行工作，经常去外地出差。出差前，他会准备好一个罐头瓶子，然后，生火架锅，切好葱、姜、蒜，备好花椒、大料，满满熯出一瓶子炸过锅的荤油。有了这瓶荤油，不管他住多么小的旅店、招待所，都能吃上一碗香香的面条。

他就是这么一个人。

几年前，老大突然把银行的工作辞了，自己开了一间酒店。这酒店说大不大，说小不小，找一帮朋友混了半年多。他本来就不是一个善于管理的人，开酒店岂不是开玩笑——他想当然的劲儿又上来了，自以为是地认为自己是一个美食家，对饮食十分精通，开个酒店不是大材小用吗？他怎么知道，真正的美食家是不开酒店的，因为美食家只管理自己的胃口，从不管理酒店，也不会管理酒店！

酒店自然是赔了。

那以后，老大一直闲在家里，可能连东山再起的念头也没有了。

去年的这个时候，一天清晨，我去上班，刚刚走到解放大路，电话就响了起来。电话是四哥打来的，他也是我的同学，四哥说，老大没了，让电打死了。我心里一惊，因为就在头一天晚上，我做了一个梦，梦见一条蛇向我游来，游到近前，猛地一抬头，然后蛇就没入水中不见了。我醒了，出了一身汗。老大属蛇，他是来托梦的吧？

老大遭电击的情况是这样。

他出事那天，天正下着蒙蒙细雨，本不是钓鱼的天气，可他偏闹着几个朋友去钓鱼。钓鱼也罢，就稳稳当当地钓吧，他偏不，他偏要到另一个塘子里去钓，那个塘子的上空有高压线，曾经打死过人，塘子的主人已经立了警示牌，可是，老大却翻过护栏，把自己的生命停止在护栏的那边。

如果他不去钓鱼，如果天不下雨，如果没有高压线，如果他听身边人的劝……若干条件里只要选择一条，结局可能都不是这样。

但，结局就是这样。

他一挥竿儿，便仰面躺在了地上。

老大的一生就这么结束了，我们的一生还要继续。我们一帮同学，男男女女去老大家看望他的父母及妻子，大家都陷入极度的悲伤中。

从老大家出来，大家商量着去吃点东西，于是，到六哥打工的狗肉馆，点了菜，大家依旧说着老大的事，老大这样，老大那样，说着说着，话就变味了。其中，有一个女生，说话让我莫名其妙，她和老大曾是一个系统的，是个什么主任级的，说话速度很快，像一只喳喳喳喳叫个不停的灰喜鹊。

她说："他刚升职的时候，我正好也升职，我告诉他，你现在坐的办公桌就是我坐过的。"

老大接了她的班儿？

我弄不明白。

说到房子，一个女生说，她前几天相中了一套房子，才七十多万，后来没买。她马上说："哎呀妈呀，哎呀妈呀，多便宜呀，你咋不告诉我一声呢，你不买我买呀。"

最后说到老大的妻子，她又说："你看她颧骨多高啊，老大就是……"

我不知道她平时照不照镜子，其实，她的颧骨一点也不比别人低！

老大穷得连命都没有了，你何苦在这里一味夸耀自己呢？

我看不惯这种人这种事。

七天后，我和四哥、六哥给老大烧了一些纸，如果说这些纸真能化成钱，那祝老大在那边活得快乐一些。

一夕一逝

有一回，我和大哥、老哥坐在街边的小店喝酒，三个人互相看着，忽然都愣住了。无论岁月如何刀刻斧凿，至少在我们三个人看来，脸上的变化无多，他还是他，我还是我；可无论如何"驻颜"有术，我们都不可抗拒地衰老了。三十年了，在这个城市里，又有几个人的友谊可以保鲜三十年呢？

也许，这正是我们的感慨。

大哥姓景，叫景昌猷，身体有残疾，我们戏称他为"残联主席"。

大哥的祖籍是贵州安龙，祖上先为武官，因征苗，得罪了苗人，于是，遣家而走，分为几支，隐匿于民间。大哥家的这一支，后来又出了文官，代代有状元，及至曾祖辈，有景方昶，乃清朝末代皇帝溥仪的老师之一。

这也许就是大哥身上总有那么一股子说不清、道不明的劲儿的根源所在。

邓友梅先生的小说《那五》里有一句话："装穷咱不会，装富，那不是咱本行嘛。"

这句话，用在大哥的身上，也准。

在这个世界上，能略略解读大哥的人不多，我也许可以算作一个。

二十年前，我刚刚结婚，诸事懵懂，家里的水、电、气、自行车、门窗玻璃，一切的琐碎及琐碎，几乎都是大哥的事。那时，我们两家相隔不远，仅一条斯大林大街而已，有了什么事，飞跑着就可以过到街的那边去。往往是天长夜短的日子，阳光把大哥的身影斜斜地拉在地上，一歪，一歪的。

他诸事都急，亦诸事不急。

急也没用！他小儿麻痹，想快也快不了。

大哥手巧，这在圈子里是出了名的，电视、电话、电暖气、电吹风……带电的除了电脑略略生疏，其他没有不能上手修理的；照相机、手表、眼镜、钢笔、自行车，甚至下电路、做水暖这类大工活也不在话下，难怪他每次帮我弄完这、弄完那之后，总会说一句话："聪明人永远都是傻子的奴隶。"

言外之意，他聪明，我傻。其实，我才不傻呢，我要是傻的话，不和他一样勤勉学习各种技术了？

大哥心地纯善、干净，容不下半点污垢，他要是看不惯什么人、什么事，当面就来，完全一副疾恶如仇的样子。这点好，也不好，我总对他说，看人要一分为二，可他听不进去，他有他的生存理论、处世哲学，也许，他的"理论体系"和"哲学思想"要是坍塌了，他整个人也就坍塌了。他对"恶"人以恶，对"善"人以善，可以说，这善、恶几乎是没有原则的。恶就恶，必将一味地恶下去，永世不得翻身；善就善，必将永远地善下去，就算犯了错误，那也是小毛病而已。

说实话，这样的想法有些天真了。

但，很真实，很可爱。

2007 年的元旦，大哥的腿骨折了，住进了中日联院。在医院里，他是一个乐天派，躺在病床上喝酒，云山雾罩地和同病室的人聊天，很富感染力。和他邻床的，是一个二十岁的孩子，出了车祸，右臂做了大手术。孩子涉世不深，遭此劫难，心理压力非常之大；又十分懂事，在乎父母的感受，所以，终日话语不多，偶尔几句话，也是安慰父母的。大哥这回有了用武之地，自动地充当起孩子及其父母的心理导师，他现身说法，以自己为例，把生活讲得如天女散花，未来像七彩的朝霞，厄运如同狗屁，坎坷就连狗屁都不如了。

归根到底一句话，拉斯普京说的：活着，并要记住！

换成大哥的话，就是：活着，活着，还是活着。

可以说，大哥的"心理辅导"是必要的，他的乐观情绪也是有感染力的，就是后来手术失败，整个右臂齐根截掉，这个孩子也没有流露出悲观的情绪来。

由此，大哥和他们一家成了好朋友。

大哥没上过学，没上过班，却有很深的古典文学功底，无论唐诗、宋词、元曲，总有些篇什他可以倒背如流。喜欢背，也喜欢诵，每每酒至半酣，总要主动表演，其叱咤，其激烈，其陶醉，其流畅，如电闪雷鸣，如涓涓小川。

有一次，我带客人去吃饭，与大哥在酒店不期而遇。于是，合二为一，两桌并为一桌，五人变为十人，推杯换盏，好不热闹，客人也很快陷入我们这种半自由半疯张的气氛里来。席间，大哥自然忍不住要朗诵，他斟满一杯酒，从椅子上站起来，大声说："诸位，诸位，我们为友谊而来，为友谊而干杯……"

话音未落，只听满酒店的服务员齐声诵道——

"日日深杯酒满，朝朝小圃花开。自歌自舞自开怀。且喜无拘无碍……"

是宋代朱敦儒的词。

客人愣住了。

我们都哈哈大笑起来。

看来，这家酒店大哥来的次数是不少了，这不，连服务员都被他给熏陶了。

他，景昌猷，我大哥，他就是这么一个人！

老 哥

又住院了，老哥的电话不断。

在电话里，老哥说，你别着急，我那时住院，情况和你一样。高烧，浑身出现紫癜，血小板降低，以为得了什么不好的病，其实就是病毒感冒。你的血小板不是已经上升了吗？上升就好，就说明问题不大。

老哥说，你怎么样了，好多了吧？别着急出院，既然来了，就好好查一查，查了，就放心了。

这院一住就是十天，老哥几乎天天来电话。

等到出院了，他的电话依然跟着。

早晨六点多一点，他打我的手机，说，我今天去双阳开会，你也跟着去吧，那里新开发了一个亚洲最大的温泉，泡一泡，去去病气。

我心里很感动。

那一年，我还是一个十几岁的孩子，在《吉林科技报》当编务，受编辑部委托，往九台送订阅报纸的单子。是春寒料峭的日子，我一个人行走在早春二月的依然结冰的路上。在九台火车站，看见一个长长的书摊，书摊上杂志齐全，尤其是诗歌刊物，几乎一种不差。由于爱诗，我便在摊前伫立，一本一本地翻看那些美丽的诗行。书摊后边的那个汉子，就是老哥，他看我对诗歌如此痴迷，便笑着说，喜欢看，拿去吧，随便拿。

怎么能拿呢？

我不好意思地笑笑，算是对他慷慨的感激。

有了这样温暖的开端，两个人便聊了起来，谁知越聊越投机，竟有相见恨晚之感。天近中午，老哥不让我走，让我给他看摊子，他一溜小跑地去了大市场。不一会儿，又折回来，怀里抱着一瓶酒，手里捧着一只红彤彤、油汪汪的烧鸡，笑呵呵地放在我面前。

那个中午，我们都醉了。

那以后，老哥的家几乎成了我的"行营"，我有事没事就往九台跑。那时，老哥还吸烟，黄昏的时候，我们就坐在稻田埂上，一边吸烟，一边看落日。他总说，我们要是两个稻草人就好了。我不明白此话的意思。他又说，如果是稻草人，就什么都不用想了。说话间，一只麻雀从远处飞来，落在稻田里稻草人的手臂上，夕阳把它们的影子又投在稻穗上，风吹来，影子一歪一歪的，迷茫而又忧伤。

晚上，我们坐在炕头喝酒，吃老娘炒的圆葱和土豆片。那时，他家二哥正在市场卖酒，我们就趁二哥不注意，偷二哥的酒喝。用水舀子满满舀一舀子酒，然后往里兑一舀子凉水。我俩喝得很香。市场上的人都骂二哥，说他往酒里兑水，伤天害理坏良心。二哥很生气，回到家一桶一桶地检查，我和老哥不敢吱声，悄悄地溜出屋去，往别的朋友家避难去了。

那一年，九台电大的一个女生爱上了我，我们很快纠缠在一起。那时，我在长春已经有了恋人，只是家人不同意，我们的事情一直不明不白地拖着。我和那个女生的暧昧关系引起了老哥的注意，他把我找到僻静处谈话。他说话很直接，问我，你能对人家负责吗？我哑口无言。当天，我用自行车驮着那个女生去了小南山，在向阴的山坡上，和她说明了情况，女生很惊愕，突然就哭了，疯了一样奔下山去。

从那天起，我就再也没有见过她。

听说，她去老哥家找过我，想要我的地址，被老哥委婉地回绝了。

老哥的老娘，也是我的老娘，对我很好，家里有什么好吃的，总会给我留一些，咸肉、果、柿子、洋菇娘……有的时候都烂了，也不许老哥动。老哥谈过一次恋爱，对方家在外地，那女孩来看老哥，当天不能回去，就住在老哥家。老哥的屋里只有一铺炕，怎么住呢？老娘安排得好，女孩住炕头，老娘挨着她，挨着老娘的是我，炕梢是老哥，离女孩的距离最远。

那时年轻，加之喝酒，睡觉爱懵懂。睡到半夜，起来撒尿，撒完了，钻回被窝接着睡。睡到早晨，猛地睁开眼睛，才知道睡错了。原来在老娘的这边，起夜回来，睡到了老娘这边，老娘抱着我，一直到天亮。

我问老娘，要是老哥睡错了呢。

老娘笑了，张开没牙的嘴，说，给他打回去。

我也笑了。

那一年，老娘突然去世了，我事后才知道消息，心里难受得跟什么似的，情不自禁地去了九台老哥家。老哥的屋子里没了老娘，显得空荡荡的。老哥从柜盖上拿下来一包年糕，对我说，老娘给你留的。

我看那年糕，已经发霉了。

我鼻子一酸，眼泪落下来。

也许和老哥熟悉了，像亲兄弟一样，所以，从未想过要写他，去年年末的时候，写了一篇《龙卷风》，讲他小时候的事；今天，突发感慨，又写下这一段段的文字，即将放下笔的时候，我给老哥打电话，问他，老娘走多少年了？

他说，二十年了。

二十年了，这二十年，我们又历经了多少欢乐和悲伤啊？！

老哥叫黄秀林，笔名思宇，是一个寄居在都市里的"农民诗人"。

初 秋

1982年，我预考没通过，准备提前离校了。那时有预考，通过预考，就等于拿到了高考通行证；没通过，那就连参加高考的资格也没有了。我心里很难过，恨自己平时太贪玩，没有好好学习。又一想，也不怪自己，数学那玩意太难了，根本学不会，预考能考三十多分，已经相当不错了。一个人跑到伊通河边，把书本一股脑地倒入河水里，只留下一个文具盒，在书包里发出"咣当咣当"的声响。

是下午，阳光懒懒地照着。

想起那个姓丁的女孩，给我写了一封长长的回信，信中她委婉地拒绝了我的求爱，并劝慰我放宽心态，准备复读，争取考上大学，给自己奔个好前程。我把那信看了一遍又一遍，从中并未发现一点温情，没有温情，也就没了希望，鼻子一酸，眼泪簌簌地落下来，受了天大的委屈似的。

身后响起了脚步声，急忙拭泪，回头去看。

是四哥。

他手里拿着一包不带嘴的"蝶花"烟，一声不响地站在我身后。

他把手往前伸了伸，我顺势接过那烟，一根接一根地吸起来。伊通河水缓缓地流淌，河的那岸传来归鸟的啼鸣。四哥在我身边坐下，也抽出一支烟，陪着我吞云吐雾。我们不说话，只看着太阳一点点地西移，终于变成大大的蛋黄，把周边的晚霞染得色彩缤纷。

"不考了？"四哥问。

"不考了。"

"你爸不打折你的腿？"四哥不无担心。

"他打我，我就跑，反正不考了。"不知为什么，眼泪又落下来。

"跑，往哪跑？"

"我出去找活干。"

四哥不再说什么，站起身，拍拍屁股上的土，走了。走出很远，对我喊："上我家去吧，该吃饭了。"

夜幕笼来，水流的声音突然变得怪异。头顶有乌鸦在叫，好像催促我离开。

四哥就是这样，干什么都不紧不慢、不声不响的。

我要回家，不想吃饭，四哥想了想，点点头，他不让我走，让我等一会儿，他回家取了两本书给我，让我闲时读。那两本书是冯梦龙的《警世通言》（上、下卷），我借了几回，他都没舍得。这回慷慨了，只是书皮又重新包了一遍。他的书不多，每一本都爱不释手。

我回家了，果然惹得父亲震怒。他是"老北航"的高才生，学的是飞机发动机专业，一堵白墙，他能画十米直线，用卡尽量，不歪不斜。数理化对于他，属于小菜一碟，可对于我，却是啃不动的牛排，他让我和他比，如何能比呢？他发火，我不吱声，咬紧牙关死守一个念头，就是不考了。

在家混了半个月，每天看冯氏小说，父亲骂我玩物丧志，不学无术，天生一个二流子。我被骂激了，收拾一个包，离家出走了。我去市政工程处的工地，找了一个筑路的活，一天干十二个小时，中间休息三次。休息了，我就看《警世通言》，小说的情节可以缓解关节的酸痛。

转眼秋天了，雨也变得多起来。

下雨没法干活，工地暂时放了几天假。

我去找四哥，还书，也想知道他高考考得怎么样。四哥还是老样子，穿着跨栏背心，正蹲在家门口劈柈子，见我来了，便放下斧头，让我进屋。我和四哥虽然同岁，但他已经喝了几年茶了，最便宜的花茶，喝起来却很香。他给我倒茶，示意我在炕沿上坐下。四哥也落榜了，好像是顺理成章的事。我们一个大班，只有两三个同学考走了，其他人和我一样，等于全军覆没了。

四哥说："我想去看看岑秋。"

岑秋也是我们同学，细单的个儿，苹果脸，大眼睛。

四哥说："她要当个体户。"

我点点头。

虽然入秋了，天气还很热。四哥骑着自行车，驮着我直奔岑秋的家。岑秋的家在北八道街，地房，十分阴暗。四哥进屋了，我站在外边等。我知道他们在谈恋爱，不好意思占用他们少有的单独在一起的时间。开始的时候，屋里没有动静，我想，他们一定在亲嘴呢，想到这里，下意识地回过头去，往姓丁的女生家的方向望望。大约过了二十分钟，听见四哥和岑秋在争执。

岑秋说："大学是不想考了，我铁定了去倒服装。"

四哥说："你干吗不接班儿，你不是能接班吗？"

"上班有啥意思，一天到晚把个死身子，挣踢不倒的几个钱。"岑秋很固执。

四哥说："我得接班，我不能提心吊胆地过日子。"

"过日子……"岑秋笑了。

岑秋是个倔强的女孩，对四哥的要求也简单，一起干个体，就处；不然，就黄。各走各的路，谁也别耽误谁。

四哥不再说什么，从屋子里退出来。

回去的路上，四哥什么也不说，到家了，他突然笑了，露一口洁白的牙。他说："我亲她了。"

我眼睛一亮，问："亲嘴了？"

四哥摇摇头，说："额头，这儿，她额头真大呀。"

我笑了。笑是笑了，心里有点苦。

我想，四哥也一样吧，不管怎么说，他失恋了。

……

生活总有它固定的轨迹，运行开了，想变都难。岑秋发财了，二十几年下来，已是千万富婆了。她一直不结婚，也不和四哥联系。四哥接了父亲的班，工作似乎稳定了，但这种稳定也就持续了七八年，他也下岗了。岑秋突然给他打电话，要给他一笔钱，让他做买卖，四哥拒绝了。岑秋问他为什么，他只说了一句话："不是那么回事。"

不是那么回事是哪回事呢？

四哥说："说不清楚，反正不是那么回事。"

说这话的时候，是 2009 年的初秋，我们站在伊通河边，一根接一根地吸烟。伊通河的水已经干了，但归鸟的啼鸣还是那么熟悉。

沙梅
的
夜航

二　胡

　　小五有一把二胡，二胡很旧了，个别音儿不准。即使这样，这把二胡小五也舍不得丢掉，无论生活怎么变化，二胡一直跟着他。小五拉《扬鞭催马运粮忙》的时候，刚好 16 岁，有一个叫小黎的女孩给他打了一件毛衣，针脚很粗，但他非常喜欢。小五没有母亲，他很小的时候，母亲就去世。父亲拉扯他们姐弟几个，苦扒苦曳地过日子。他在家行五，所以有了小名，就叫小五。后来，小五的父亲再娶，小五有了一个后妈。后妈带来两个孩子，一男一女，和父亲又生了两个孩子，也是一男一女，眨眼之间，这个大家庭由六个人猛增到十一个人。十一口之家仅靠父亲的微薄的工资生活，日子可想而知。小五吃苞米面把胃吃伤了，一见苞米面就反酸，紧接着便吐，吐得昏天黑地。但是，他心里有希望，那希望就是小黎，他发誓好好学习，将来考大学，找工作，和小黎幸福地生活在一起。可是，这个希望很快就破灭了。那个小黎被她的数学老师诱奸了，前后三次，事情败露后，老师，不，不是老师，是畜生，被判了八年，小黎也被迫休学了。小五去找小黎，但小黎不见他，经不住磨，见了，也不说话，只是哭。再后来，小黎得了忧郁症，住到精神病院里去了。

　　小五有一把二胡，二胡很旧了，个别音儿不准。即使这样，这把二胡小五也舍不得丢掉，无论生活怎么变化，二胡一直跟着他。小五拉《红柳子》的时候，年龄刚好 20 岁，他坐在劳动公园的小板凳上，给二人转艺人拉弦。一共三把弦，他是末把，好歹混口饭吃。小五已经结婚了，和后妈带来的妹妹。这没什么，他们之间没有血缘关系，二人结合，不违反伦理。起初，家人不同意，兄妹二人就私奔了，他们在外边租了一间小房，置办了简单的炊具，一心一意地过起了日子。小五拉弦，每天能挣五块十块的，不多，但够两个人吃喝了。他们的日子很苦，但苦中也有乐吧。他们要了一个孩子，说是要，其实不如说是领养，本家不要这孩子了，他们看着可怜，就抱回了家。原来，他们也想自己要一个孩子，可是，要了很长时间也没有，以为不能生了，就把这孩子当亲生的养。养了一年多，孩子长大了，长胖了，也培养出感情了，正准备去办领养手续，上户口，谁料，本家反悔了，把孩子生生地硬要回去了。原来，这孩子生下来时，身体一直不好，本家以为养不活，便动了给人的念头。现在，看到孩子在小五家健健康康的，什么毛病也没有，就厚着脸皮登门了。孩子给抱走了，笑声不断的小屋一下子变得冷清了，夫妻二人暗自垂泪，心像被挖空了似的。夜深了，媳妇想孩子想得睡不着觉，小五就说："咱们心好，老天爷会给咱们一个孩子的。"

小五有一把二胡，二胡很旧了，个别音儿不准。即使这样，这把二胡小五也舍不得丢掉，无论生活怎么变化，二胡一直跟着他。也许，他们的善举真的感动了上苍，小五的媳妇怀孕了。这个时候，小五最爱拉的是《俺是公社的饲养员》。他希望媳妇生一个儿子，这样，他就可以把儿子当小猪养。女儿却不行。俗话说，穷养儿，富养女。他不是不喜欢女孩儿，但就他们这个家庭情况，养儿子似乎更合适。入夜，小五把耳朵贴在媳妇的肚子上，听孩子在里边蹬腿，每蹬一下，他的心里便被蜂蜜涂一下，厚厚的蜜把心裹住了，甜得透不过气。一着受孕，十月怀胎。媳妇要临产了，他们选择了一家中档医院的妇产科——太低，怕对不起孩子；太高，出不起费用——安顿媳妇住下。媳妇也争气，只住了一天，就破水了。孩子降生的那天夜里，大雨滂沱，小五一个人在产房门外焦急地踱步，仿佛他的步子走急点，媳妇就可以少受一点罪似的。一个多小时的时间，产房终于传来嘹亮的哭声，小五从哭声里就能听出来，他的愿望实现了。要往产房去，却发现楼梯的阴影里坐着两个人，再仔细看，是父亲和后妈，两个人手里抱着饭盒和鸡蛋，正眼巴巴地看着他。小五的眼睛湿了，随后泪水一对一双地落下来，离家三年了，没想到自己一直在父母的眼皮底下。

小五有一把二胡，二胡很旧了，个别音儿不准。即使这样，这把二胡小五也舍不得丢掉，无论生活怎么变化，二胡一直跟着他。小五拉《月光下的凤尾竹》时，总想一件事，那个叫施光南的音乐家死得太早了，不然，他还能写出多少好歌啊。这时的小五在一家饭店当学徒，他要学炒菜，他要当一名好厨子，当厨子可以多挣钱，当厨子也能把最便宜的东西做成最美味的食物，那样，儿子和媳妇就能过上"锦衣玉食"的日子了，天天下馆子，多美呀。他就是抱着这样朴素的想法来饭店的，给师傅切堆儿，打下手，一点一点地积累着自己的烹饪经验。这一学就是三年，三年下来，他的手上、臂上布满了伤疤。终于，他可以上灶了，一般的菜都由他来掌勺，师傅手端一个大搪瓷缸子，一边喝茶水，一边踢他的屁股，他喜欢师傅踢自己的屁股，因为师傅一踢屁股，他的手艺就又精进了一层。他的工资也上来了，800元、1000元、1200元，挣到1200元的时候，他给儿子买了两样礼物——一个是小自行车，三轮的；一个是玩具琴，他想让儿子一生和音乐做伴。月亮升起来了，客人们开始闹酒了，这时，他会有一点闲暇，他坐在饭店门口的石阶上，琴弓一抖，凤尾竹的倩影便在他眼前摇曳起来。月光下的凤尾竹，那是多么美的景致啊……

小五有一把二胡，二胡很旧了，个别音儿不准。即使这样，这把二胡小五也舍不得丢掉，无论生活怎么变化，二胡一直跟着他。小五最后拉了一次曲子，名字叫《希望的田野》，拉完这首曲子，他的时间就完全被希望占据了。他开了一个自己的小店，他上灶，媳妇当服务员，店不大，一共四张桌，经营炒菜和冷面。他没有时间拉琴了，有了时间就想睡觉。在梦里，他喃喃地说："好日子快来了，好日子快来了。"

听了他的梦话，媳妇笑了，但眼里含的却是泪花。

小五已经是四十几岁的人了——按当年拜把子的排行，我应该叫他六哥。

余 音

今天是清明节，想起两个人，一段话。两个人都是我的旧友，如今已不在世了。一段话是周作人的，他在《苦雨》的开头写："伏园兄：北京近日多雨，你在长安道上不知也遇到否，想必能增你旅行的许多佳趣。"

朋友间这种"书信"交流是多么地温暖啊。

我那两个逝去的朋友，其中的一个叫李刚，我更习惯叫他李哥。他是"下海"比较早的一个。二十世纪八十年代初，他离开所在的单位，操持电子配件方面的生意，租了一个门面，挣了一点钱。那时我还在社会上浪荡着，对未来没有一个切实的想法。我常往李哥的店里跑，一是因为有闲，一是因为到他那里，赶上饭口，总能混些吃喝。这当然是不立世的做法，现在回想起来，非常之惭愧。

也是一个雨天，我们几个人在店里大呼小叫，恰逢李哥从外边回来，脸上颇有些颜色，大概是缘于我们太不顾及商店的体面。现在想想，李哥的"教训"是有道理的，这多少让我觉醒了一些世间的道理。

又几年后，李哥便孤身南下，在深圳为台湾的一家大公司做经理，打理海峡这边的业务，所接触的人多为商业精英，整个人也有了大变化，身上颇多了一点儒商的味道。

他从南国回来，我们难免见面，不免说起各自的感慨。在一起交流了几天，我又把我的书送给他，他才真诚地道出了自己的担心。他说下雨的那一次，他除对我们的行为有些不满，更主要的是怕我就此沉沦下去，将来一事无成。对于这样的话，我的内心是充满感激的。

李哥说："你终归长大了，成熟了，也有了成就。"

我的脸有些发热。

李哥是去年的五月病逝的，我原本答应他，等他能说话了，去陪他聊天，说一些高兴的事儿；可是，谁也没有想到，他却突然撒手人寰，无论是情感还是思绪，都让我们感到深深地失落。

李哥有病住院期间，家里举债甚多，他和嫂子虽然原本有一些积蓄，却难以应对这沉重的打击。朋友们也各自尽了绵薄之力，但隙中滴水，不解大用。于是，有人提出找媒体的关系试一试，也许社会的力量会帮了李哥的大忙呢。

找找了报社和电视台。

和人家怎么介绍李哥这个人呢？

二十世纪九十年代的时候，李哥从深圳回来了一段日子，在这边自己又开了一个公司，具体经营什么，我不知道，只知道公司有一个大大的地下室，大到可以在里边捉迷藏。

有一天，李哥带嫂子上街，准备给她买一件衣服。他们去银行提款，然后去百货大楼和国贸商店逛了逛，事先商量过的款式因种种缘故没有看上，于是二人乘车回到公司。

这时已是下午三点钟。

李哥把取出的港币交给财会，让她们锁到保险柜里。

财会拿到钱，一下子愣住了，问他："您取这么多钱干什么？再说，这么多钱放在保险柜里不符合财务规定。"

"多少钱？不就一万元吗？"李哥也愣住了。

"十万！"

李哥一下子就明白了，工作人员把钱付错了——把一千面值的当作一百面值的付给他了。他二话没说，操起钱就往外跑，跑了一半又返回来，急急地坐到桌子前，千方百计地把电话打到银行，并找到了付款的小姑娘。

小姑娘当时就傻了。

李哥的想法是对的，他如果直接去银行，对小姑娘造成的影响一定不会小；只有这样，才能保证小姑娘不被开除，至少不会受到处分。

钱被悄无声息地退回到银行去了。

可是，李哥到死也不知道小姑娘的名字。

这件事如同夏日的微风，轻轻一刮就过去了。

有个别知情的人在若干年后还说李哥傻，李哥只是一笑了之。

其实李哥不傻，他知道，做什么事都要合乎"道"。

进入新世纪，李哥的公司不开了，他又要往越南去养虾。养虾是很辛苦的工作吧？至少很令人担忧。他住在广西，除了养虾，就看经营管理方面的书，有心得了，就打一个电话给我。有时，孤寂了，也打电话过来，我们相互排解一下，然后"哈哈"大笑着做"江湖"状。

我和他一下很憧憬他的未来。

等虾出水了，我要去广西看他，顺便坐在越南的海边吃虾，喝酒，听海潮，看月亮。

他总说："这里的月亮和咱们家的一样圆。"

这是多美好的话啊。

可是，生活有时并不美好。这期间，他离开了广西一次，哪料想所有的虾都死掉了，厄运像一根绳索，总是在他的脚边晃来晃去。

"怎么办呢？怎么办呢？"所有的朋友都很着急。

李哥说："还有时间呢，可以重来。"

想想李哥真就是这样一个人，从来没有向厄运低过头！面对生活永远保持着热情、积极、乐观的态度。

龙卷风

我的朋友思宇是一位诗人，性情憨厚，颇有长者风范。他五十岁了，偶发童心，便会讲述少时之事，每每听到，新鲜异常。其中更有既趣味横生又怪异生动者，记录如下。

他的家乡在九台，靠近饮马河。饮马河过去算得上北方的一条大河，舟船码头俱全，很是一个热闹的去处。可惜，近几十年来，破坏太大，生态失衡，最宽的地方也不过十几米了吧？！

河大鱼多而杂，这似乎是一个道理。

饮马河两岸多有柳树，因为长得不高，北方人习惯称之柳树毛子或柳树棵子，枝条细柔，适合编筐之用。当然，里边也隐藏着说不清的飞鸟小兽，自然是孩子们的天堂。

二十世纪六十年代末七十年代初，饮马河发过一次大水，其来势汹汹，去势滔滔，令九台颇有些年纪的人都记忆犹新。

思宇也记得一件。

大水过后，他去河边探险——这是每个孩子都有的好奇心——不想在河边的柳树毛子里听到了不同寻常的响声。一会儿噼噼啪啪，似乎有人在拍打泥水；一会儿呼呼嗒嗒，好像有人在用力喘气。这是怎么回事呢？他小心地扒开树枝一看，原来是一条大鱼在一片水洼中露出黑黑的脊背，此时正努力地挣扎着，想要回到大河里去。可是，河水已经退了，根深蒂固的柳树毛子无疑变成了一张天然的渔网，那条大鱼想要回去，真是比登天还难了。

思宇去抓鱼，不料那鱼一摆尾，就把他打了一个跟头。

他站在那里想了想，想不出什么办法，便转身往村子里边跑，大呼小叫地喊人。

那场面真是盛大极了，生产队套了一辆马车，众人齐心协力，才把这条大鱼抓住，那鱼被抬到马车上，和一头猪差不多。那条鱼究竟有多大呢？思宇也说不清楚，只知道生产队架锅，把鱼分割炖上，香味飘得满村子都是。

关于鱼，思宇还说了一件事。

那也是他小时候，和抓大鱼同一时代，他遇上了一回龙卷风。

那一天，他疯跑到野外去玩耍，快乐得像田埂上的风。他穿过稻田，进入甸子，突然看到远处起了一道黑色的烟柱。紧接着，他觉得脚底下的草如同受到惊吓一般，瑟瑟地动了起来。

刮旋风了！

这样的想法刚在脑际一闪，他额头的冷汗就下来了。他下意识地趴在地上，双手紧紧抓住一个树桩兀露在地表的树根。天地一片黑暗，似乎有什么人抓住他的双脚，要把他从地上拎起来，他的身体像纸片一样飘浮摆动。他不敢松手，也不能松手，咬牙坚持着，终于抵住了龙卷风威力无比的袭击。

风停了，他再看身后的稻田，稻苗大部分被连根掠走，泥水翻得到处都是；甸子上的一些瘦弱的植株一律不知飞到什么地方去了；更多的高树的树叶也给剃了光头。他自己呢？鞋没有了，背心没有了，裤子也没有了，光溜溜地只剩下干净的身体。

他像被人打晕了一样，懵懵懂懂地往家走，正走着，天上突然下起鱼来，数量虽然不多，却亮晶晶的一片。他捡了几条鱼，用马莲穿好，不知如何就回到了家。家里人问他，衣服哪去了？鱼从哪儿来的？他说，刮旋风了，衣服被刮走了；他回家的路上，天上下鱼，他就捡了鱼回来。家里人怎么会相信，以为他去什么地方淘气了，竟丢了衣服，几条破鱼哪能和衣服相比，自然狠狠地打了他一顿，只把他的话当成鬼话听。

思宇很委屈。

这种话真的没有人相信吗？

我想，至少有两个人相信。一个是我，因为我是写儿童文学的，对于有超级想象力的情节从来都是"宁可信其有，不可信其无"；还有一个是思宇的妻子，我叫她嫂子。嫂子为什么信呢？因为那场龙卷风她也遇上了，而且也捡到了鱼，所以，婚前说恋爱的那些话时，这是他们最有趣味的话题，正因为如此，他们认为他们有缘结合是天定的——他们结婚的时候，都三十岁了，在乡下，这是纯粹的大龄青年了。

景大爷

我认识景大爷的时候，他应该还没有退休，可不知道为什么，在我的印象里，他总是那么悠闲。他总穿一件破旧的跨栏背心，前胸或者后背上总有一个不大不小的洞。他很清瘦，面部轮廓有棱有角，眼睛弯弯的，总带着笑意，头发灰白，似乎带着鲁迅般的硬度。

还有一个印象，他的手里永远会有一个酒盅，有时是玻璃的，有时是粗陶的，有时是细瓷的，这些酒盅像离家出走的孩子，七岔八岔到了景大爷的碗橱里。

说起他的身世，怕要用三天三夜的时间，所以，在这里，只能拣紧要的讲。

他祖父辈中，有两个人在溥仪的身边做事，一个是景方昶，溥仪的四太傅之一，另一个我不知道名字，听说是专门为溥仪抄写诏书的——景大爷的字写得好大概和家世有关。

景大爷年轻的时候，做过伪满洲国的警察，当过派出所所长，给要人开过道，因为这样的经历，他在"文革"期间颇受了一些罪。全家被下放到前郭尔罗斯，连发霉的苞米都吃不饱。但景大爷天生的乐观精神，让他以无为的方式率领一家六口硬硬地熬过了那段艰苦的岁月。

对于自己的家世，他很少提及。

沙梅的夜航

对于曾经的苦难，他从不抱怨。

每每把酒临风，或高歌，或浅吟，胸襟之开阔，让人体会了，便难以忘怀。

1979年夏天的某一个下午，我站在冶金地质学校的大墙上，高喊二哥的名字，三声之后，从二楼的窗户里同时探出两个脑袋，一个是二哥景喜猷——景大爷的次子，一个便是景大爷，他乐呵呵地冲我招手，并示意我入楼的大门在前边，我得从楼侧绕过去。

我在炽热的阳光里奔跑，很快就冲上了二楼。

正是中午，景大爷的身上散发着淡淡的酒香。

二哥介绍过我之后，景大爷便"强行"拉我入座，满满地给我倒上一杯葡萄酒——后来我才知道，那其实是葡萄汁，酒精度数极低——然后说："都上中学了，该喝点儿酒了。"

于是，我和二哥一人喝了一杯相识酒。

这一杯酒，注定了我们终生的情谊。

景大爷说："做朋友就要做净友，要坦诚相见，互相劝谏。"

就这句话，我永远牢记在心。

景大爷一生很不容易，景大娘三十几岁就得了大脑中枢神经萎缩，每日头颅和双手颤抖不已，几乎丧失了劳动能力，一家人的生计全靠景大爷一个人的电工手艺，但他坚持让他的四个孩子读书，不想因为家庭的困窘，耽误了孩子们的前程。

现在，二哥成了国内著名的书法家，应该是与景大爷的言传身教有很大关系。

落实政策之后，景大爷家的生活状况好了许多。他对生活的情趣显然也更加舒顺起来，他自己装了一台九寸的黑白电视，让景大娘开心解闷。看电视和听广播之间的差距不言而喻，景大娘有了这台黑白电视，每天的时光都平添了一些色彩。

在我的印象里，景大爷从来没有和景大娘高声讲过话，更不要说吵架斗气了。

在医生的预言里，景大娘是活不过四十岁的，但是她现在已经八十岁了，依然还能保持清晰的思维，我想，除了她自己心胸开阔之外，景大爷也是有一份功劳的。

我是挨过景大爷的训斥的。

那是因为我和二哥在一起玩耍，浪费了时间，他撞见后，严厉地让我们在地中央站好，然后，取出宣纸、笔墨，连续写了几幅"白了少年头，空悲切"，他把笔丢在桌子上，大声说："少壮不努力，老大徒伤悲！"

这么多年，这一幕一直深深地刻在我的脑海里。

那以后，我和二哥的游戏改成了背诵古诗词，每天背，每天比赛，渐渐地积累，我们俩的头脑中都刻存了几百首诗词曲赋。

二哥问我："你的理想是什么？"

我说："我想当个作家。"停顿一下，又反问，"你呢？"

二哥说："我想当个书法家。"

后来，我们一直在为此努力。

景大爷六十岁那一年，突发脑溢血，送进医院不久，便去世了。知道这个消息后，我曾一个人坐在夜色重重的路边哭泣，从眼泪落下的那一刻起，我便知道，其实，从见面的那一天起，我就是爱他的。

那天，我主持景大娘的八十岁寿宴，在人生回顾这一环节里，我又一次看到了景大爷的照片，他依然在微笑，目光里的轻松和淡然和他生前一样。

他活着的时候，曾做过交代，死后不留骨灰；可儿孙们为了忌日和年节有个想念之处，便把他的骨灰存在了殡仪馆的灵塔之内。景大爷在天有灵吧？他去世后没几年，灵塔突发大火，他的骨灰盒如他心愿般地消失了，如烟似雾，回归于天地之间。

我和二哥说："把景大爷写的字给我一幅吧。"

他知道我说的是"白了少年头，空悲切"。

他点点头，说："哪天去取吧。"

说完这句话，我们就都沉默了。

路　遇

就在今天，星期日，我去单位加班。所谓加班就是取一个文件，操作过程非常简单，很快完事，完事了就匆匆地往回赶。谁知刚出了单位大门不远，就看到了一个熟人——戚二哥。我们不确认地相互看着，待确认，就礼貌而谦恭地迎上前去，握手寒暄。

二哥家兄弟姊妹多，他排行在二，所以，我们都叫他"二哥"，对于他的大名，这么多年来，一直没有记住。仔细搜寻，似乎连知道也不曾知道。

隔着几步远，二哥的腰就自动地弯下来，眼睛里满含着近乎讨好的笑，手臂自然地主动地伸长出来，小心地握住了我的手。

"过年好啊。"

"好啊，都好。"

"天还冷，穿得严实点，别感冒了。"

"没事，没事。"

之后，我们就告别了。

走了十几步，我习惯性地回头挥手，却发现，二哥仍站在原地，举起的手根本没有放下。

这一刻，我知道，至少在我的印象中，二哥和这个世界达成了一种新的关系。

小时候的二哥是什么样呢？

听说，他很早就去当了兵，复员后去了油田当工人，一年难得回来几次。他个子不高，沉默寡言，见谁也很少说话，只顾独自走着。二哥复员的形象我是见过的，穿了一身绿军装，只是摘掉了领章和帽徽，背后背着方方的行李，前边用白毛巾系着，一手是旅行袋——鼓鼓的；一手是网兜，里边是脸盆及其他的用品。说实话，我很羡慕他的这身打扮，这在当时，是时髦得不能再时髦的行头了。

我们一帮孩子挤在他家门口看，他们一家人也充满了喜庆。喜庆是可以传染的，所以，我们的心里也像吃了蜜糖一般。

我们都认为二哥是个大英雄。

可是，随后的几年里，关于二哥的传闻全是阴暗面的。

那时，我们已经渐次地长高长大，对性与爱有了既羞又怕又好奇的朦胧意识，一些与此有关的信息会从不同的渠道"源源不断"地"自动"汇总，使我们心跳耳热的同时，又有一种莫名的兴奋。

就说二哥。

有一种说法最早。有一天，二哥突然从油田回来了，而且，在家里一待就是很长时间，从此，再也没有回到油田去。这是为什么呀？不久，有消息灵通者便宣布——二哥被油田开除了。人们更为惊呼：这是为什么呀？于是，相对的说法告诉我们——二哥在油田"扒眼儿"，被保卫科抓住了。所谓"扒眼儿"，就是偷窥女性如厕。

一夜之间，二哥臭名昭著。

在我们的鄙视和漠然中，二哥结婚了。二嫂是一个高挑白皙的女子，穿着打扮也很素淡。他们一家过着与邻居隔绝的生活，很少串门，很少借东西，互送礼物的事好像根本没有。二嫂怀孕了，二嫂生了一个孩子，二哥忙里忙外的，脸上偶尔露出笑容。这笑容不是给别人看的，似乎也不是给自己看的，之于现在的我想，那一定是给幸福与希望看的。

可是，二哥的笑容一共才露过几次呢？

又不知何日，平静的生活再起波澜，说有人看见二哥在楼道里抱一幼童——当然是女童，暗地里摸人私处。问及是哪家的女童，自然需要保密，至于澄清二哥的行为的义务，是绝对无人去做了，做了，便是与之同流合污。所以，各家各户有女童的，看紧了；有女孩儿的，被大人再三叮嘱——离那个色狼远点，一旦感觉危险，马上往家跑。当然不能喊，喊了便会丢人现眼。

一夜之间，二哥又一次臭名昭著。

记得小时候，有一次妹妹慌慌张张地跑回家来，脸色煞白，张口急喘，半天不能出言。母亲大急，连扶带慰，好不容易伸她平静下来。一问才知道，她看见二哥了，问在哪里，她答，自己刚要下楼，便看见二哥要上楼，结果心底大骇，吓得扭头跑开。

母亲大大地夸奖了她。

我也觉得她挺机智的，便由此对二哥多了一份憎恨。

十几年过去了，直到我结婚，搬离，二哥一直是以流氓的形象存世的。

又十几年过去了，生活发生了巨大的变化，老一辈的人一个个死去，年轻的一代一户一户地迁走，大家成为流散到各地的蒲公英，彼此的关心和关注少了，淡了，直到彻底忘了。电视、网络的出现，各类新闻的迅速流转，还有谁会想起在他们的生活中曾经出现过一个叫二哥的人呢？

包括我自己。

今天，我意外路遇二哥，促使我认真地思考一个问题：二哥真的是流氓吗？

如果他不是，又有谁会对他负责呢？

如果他不是，那么，这几十年，他又是怎么过来的呢？

洗 澡

多年的交情了，我还是不说他的名字吧。

前些年，听说他的家里安了一个监控器，我大感吃惊。一个区里的小官员，家里为什么要安监控器呢？区长不过是处级干部，再往下，科级，股级，有这个必要吗？我想，就是市长的家里也未必就一定要安装这个东西吧？多不自由啊，干什么都有一双眼睛在盯着，一举一动都要考虑会造成什么"后果"，真是作茧自缚。

可反过来又一想，一个人，无论干什么事，都有他的道理，他家里安装监控器，也一定有什么不得已的原因。比如，他在司法口工作，这么多年，秉公执法，一定得罪了不少人，而这些人中，不乏社会闲散人员，出于自我保护的目的，有备无患，无可厚非；比如，他的家里一直有买卖，经营不经营的也十几二十几年了，应该小有积蓄，现在，没钱的人活得安心，有钱的人反而提心吊胆，监控器对别有用心者具有威慑力，安装一个很有必要。这么想来，对他的生活智慧也大大地敬佩起来。

屈指算来，我们相识也快三十年了。

三十年来，我们一群老同学里，做什么的都有，但真正有出息的，没有几个。他，应该算得上一个吧。

下面，略略记述这三十年来我们之间交往的两件事。

我们快毕业的时候，都已经是十七大八的小伙子了，对异性有了新的认识，也有了新的想法，这些想法怪怪的，既具体，又很朦胧。当时，我们班有一个大家公认的长得好看的女生，头发略黄，梳了一条长长的辫子，白净、高挑，学习不太好，话语也不多。大家都挺喜欢她，可谁也不好意思开口，都觉得自己有点癞蛤蟆想吃天鹅肉之嫌。

我们班上另有一个男生喜欢写诗，人多少有些莽撞和浪漫，偏偏又天生善感易伤，怕被别人瞧不起。他爱上了这个女生。爱，又不敢去和人家说，便托他给女生传递一封情书。他是班长，在班里有一定的威信；他家和女生家离得不远，有这个便利条件。写诗男生很信任他，把情书、情诗一股脑地交到他手里。他也转交了，不止一次，可是，女生迟迟没有反应。写诗男生苦等了半个学期，没有音讯，待新学期开端，他却和那个女生走到一起了。

事隔多年后，此事才水落石出。

有一次，同学聚会，大家在一起说笑，那个长辫子的女生——现在不可以叫女生了，充其量是世人常说的"徐半风"，即"徐娘半老，风韵犹存"；也不噤声了，说话必笑，笑必露齿——向大家吐露了一个秘密。

她说："你们知道吗？那时候，他还给我写诗呢？"

这种事大家倒是第一回听说。

她说："现在想想，那诗写得挺好呢，他说，'你是我人间的一缕春风'。"

一桌人哈哈大笑起来。

他脸红了。

在场的写诗男生的脸，也红了。

这应该是写诗男生当年的诗，托他转给她，谁知被他李代桃僵了。少年事如风，都过去了，刮起的尘埃也落了一地，想重新泛起都不存在了。只是，这诗是写诗男生从林徽因的诗里抄借来的，写诗男生脸红，是为了这件别人不明白的事。

林徽因的原诗应该为：你是人间的四月天。

另有一件事发生在几年前。事情不大，也谈不上耐人寻味，只是发生在同一个人身上，罗列起来，可以互为佐证，让我们能更好地去分析一个人，理解一个人。

事业稳定了，孩子也"出手"了，大家的时间又相对宽裕了一些，于是，聚的机会也多了起来。又有一次，大家聚在一起，谈论平时应该多多走动，联络感情，增进友谊，找回从前快乐的影子。说到兴奋处，他突然站起来说："家母这个月八十大寿，届时各位一定到场，我备下薄酒素菜，我们把盏言欢。"

大家一起鼓掌，集体通过。

由此，定下一个规矩，有老人在的，过生日时一定通知大家，大家一起热闹热闹；老人不在了，自己过生日，也要通知大家，为大家创造一个聚会的机会。此案一经通过，可谓群情激昂，一轮一轮的啤酒送上来，大家喝了个一醉方休。他母亲过生日，大家自然都去了，席间，他过来照应一下，便去应付那些更大的场面了。好在此为人之常情，四五十桌的客人，他又不是哪吒，能生出三头六臂；就算他是哪吒，真有三头六臂，恐怕也是应接不暇。

同学们本想好好喝一顿，可是，这种宴会哪是真正喝酒的场所，半个小时左右，客人已散去大半了。同学们也觉得留下来不好，便出了门，另换了一家小店畅饮去了。

时间不长，另一个同学的父亲也过八十大寿，按约定，自然要通知每一个人，大家也都或电话或信息，一一回复，一定到场，同喜同祝。他也回了一条短信：正开会，事已知，届时到，请放心。

转眼寿宴到了，同学们陆陆续续都到了场，唯独少他。这种事，人家既然答应了，就不好再催，如果你催了，好像你有其他想法似的。同学虽然很希望他能来，但没来，也只好作罢。宴会正式开始，一切形式照常，大家热闹了一番，兴尽而归。

他没来参加同学老父亲的八十寿宴，那他去哪儿了呢？

原来，就在同一天晚上，他们局长过生日，他们一帮中层干部把局长架到了一家大酒店里，给局长过了一个隆重的生日，至于同学父亲的事，他早给忘到脑后去了。

我最后一次见他，是去年的冬天，几个同学吃饭，喊我过去，我过去了，也看见了他，席间，他又大讲特讲"经常走动"的事，我听着十分别扭而无味，见他说得多了，便借口有事走了。其实，我心里一直有一个想法，这一生，真的不愿再见他了，这样的人，你见他有什么意义呢？叙旧情吗？展望未来吗？谋求合作吗？托他办事吗？好像都不搭界。我们原本就是两条路上的人，只不过在几个点上无意重合了，这是上帝的安排，与我无关，我想，今后上帝不会再做这样的安排了，因为，我的上帝就是我自己。

Z

　　本来想在 Z 的后面加一个"君"，思来想去，觉得不妥，这里的"君"虽不代表"君子"，只是对人的一个尊称，但用在他身上，也十分过分了。前几天，我和大哥景昌猷在一起小坐，他说，Z 又进了监狱，而且这一次判得很重，怕是一时半会儿出不来了。听了他的话，我心内充满叹息。

　　我原来并不认识 Z，是经过他爱人的介绍，后来才熟识的。

　　二十世纪八十年代末期，我陪一位老师往辽宁讲学，由此，认识了 Z 的爱人。那时，他们还没有结婚，正处于热恋之中。因为我来自她对象的老家，所以，她对我格外地高看一眼。因为这层关系，我们曾是很要好的朋友。她来长春，我们联络上了，也就结识了 Z。

　　Z 长得很有特点，大分头，长脸，厚嘴唇，目大无神。个子好像也不矮，说话瓮声瓮气的。

　　好像我们认识不久，Z 就和她结婚了。他们在建设街附近租了一个小屋，过起了简朴的日子。初看 Z，应该是憨厚朴实的，虽有小聪明，但并不伤人。谁知，仅仅两三年的工夫，他整个人都变了。他有机会买一套二手房子，手里差三千元钱，便向另外一个朋友借（Z 是我介绍给长春的一帮朋友的，所以，我对此事应负连带责任，所谓交友不慎，贻害无穷），朋友当时投身商海，身上总有一些余钱，他张口了，不能不借，就慷慨地借了他三千。不料想，借期已满，Z却毫无还款计划，并且言语生硬，竟做放赖之举。这是他与我，与我们交恶的开始。

那以后，便不大联系了。

又两三年，Z和他爱人也离婚了，一个人在外面游荡。

陆陆续续知道他的一些事情——他和一个开小饭店的女人在一起搭伙，基本上靠女人的经营收入维持生活。那个女人的家离城区很远，他为了找到这个女人，竟然步行几十里路。他这么急找这个女人干什么呢？是爱情的力量，还是要找一些钱花？这就不得而知了。不久，又听说他与文联的一位老师合伙开白灰厂，生产什么新涂料，那位老师集资十万元，交给他全权经营，谁知，厂子没开起来，钱也不翼而飞了。

Z准备离开这个城市了。

好像不离开也不行了，他在这个城市什么也干不成了。

临行前，他设法弄了一些钱，弄这些钱的目的只有一个，离家在外，总要有一些船资吧。

他的伎俩很高明。

他如果想找谁，必先打电话到对方的单位，确认此人不在，便匆匆地赶过去。他坐在此人的办公室里，焦虑，叹息，来回踱步，一再追问此人的同事，他要找的人什么时候能回来。

同事问："您找他有事？"

"有急事。"

紧接着，他的脸便苦下来，眼泪也快落下来了。他说父亲病重，他要赶回去探望，但是手边一点钱也没有，想找朋友借一点。

其同事见他如此着急，便动了恻隐之心，主动拿出几百块钱，让他先用着。

他千恩万谢，自此"黄鹤一去不复返，白云千载空悠悠"。

他要找的人不知此事，其同事又不好意思提及，事态的发展可想而知。

Z离开了长春，去北京发展了，他办了一个广告公司，网罗了几个人，四处拉广告，大家干了半年多，不但没有挣到钱，反而欠了一屁股债。公司眼看着要黄了，Z却趁着大家不注意，把公司唯一的一部传真电话偷走了——在这个公司里，这部电话是最值钱的东西了。

Z的爱人，也就是我在辽宁认识的那位朋友，本来是一个十分优秀的诗人，自从和Z离婚后，她似乎再也没有写过诗。想想也是，Z走了，把孩子留给她一个人，她除了勤勉地工作，哪里还有写诗的激情呢！她一心在工作上，还真做出了骄人的成绩，现在，是某区教育部门的中层干部，主管一个科室的业务，很受大家的尊重。Z的孩子也长大了，应该读大学了，这一切，都是Z不能预见的吧？

说实话，我很同情Z，最初的他，也一定想把生活过好，谁知，一不小心，走到邪路上去了，并且，一发不可收，他一定是抱着破罐子破摔的心理，以至不能自拔。如果在最困难的时候，他能咬牙挺过来，或者，换一个思维方式来面对一切，正视一切，他的道路也不至于弯曲到这等地步。

真是应了那句话，人间正道是沧桑。

有时想到Z，我的内心很悲凉。

饮

玉莹在一家机关的微机室上班,她爱人是一家杂志社的美编,玉莹做姑娘的时候就十分腼腆,后来嫁人了,性格上除了腼腆,又多了一份小心。

玉莹长得并不漂亮,但,还称得上可爱,她个子不高,穿着合体,三十四岁了,眼角布上了细细的鱼尾纹。玉莹的手很细很长,纤纤如玉,她的手抚在那些浅灰的键盘按键上的时候,她就想,这是一双弹琵琶的手呀!键盘发出轻微的咔咔声,玉莹的耳畔,流泻着一缕缕阳光一样的音符。

玉莹读书的时候,是学校宣传队的队员,那时她长得很白,黑黑的眉毛像两枚柳叶。她弹琵琶,头略略地低着,一脸羞怯的样子。那时弹的那些曲子,到今天她还可以熟练地弹奏出来,只是她的琵琶锁在盒子里,她很少触摸了,盒子放在床下,每次给孩子找东西的时候,她都会看见盒子上面积落了一层灰尘。

她丈夫是师大美术系毕业的,在省里画界小有名气,他是学国画的,画的写意人物曾被送往日本、韩国等地参展。玉莹喜欢丈夫的一幅《昭君出塞》,曾托人裱好了挂在屋子里,后来丈夫说自己的档次提高了,这一幅《昭君出塞》已代表不了他的风格,玉莹只好把它取下来,仔细地放在箱子里。

玉莹的公公和父亲是老朋友,都在文联工作,玉莹和她丈夫很早就熟识了，待到成人的年纪，两家好像顺理成章地认可了这门亲事。

玉莹不知道自己爱不爱她的丈夫，她只知道自己不能离开他，这算不算爱情的一种呢？在单位里，女同志们一起戏谑各自的丈夫，玉莹从不参加，她想：真是的，怎么可以开自己丈夫的玩笑呢？

玉莹和丈夫有了孩子，她一点也不让丈夫操心，从月子里直到孩子上小学，她一心地照顾着孩子，好让丈夫有精力投身到事业中去。玉莹的丈夫脾气很坏，在创作上他总有苦闷的时候，动不动就一个人坐在黑暗里抽烟，一支接一支的。玉莹想劝一劝他，又怕他说："这是艺术上的事情，你不明白的。"

玉莹想，对呀，艺术本身就是痛苦的。

她也明白，但她从来不和丈夫分辩。

那些年，玉莹一家随父亲下放到山区去了，她的丈夫一直等着她，她觉得丈夫实在是个好人。他们恋爱的时间不长，结婚也很晚，他们结婚时丈夫都已经30岁了，丈夫等着她，一丝不苟地恪守着两家的诺言。

玉莹的家在山里的时候，她的丈夫去看过她一次，他背了一个很大的画夹子，里面夹了一些他的速写，她陪着他到林子里去写生，他拿铅笔的手给冻得僵僵的，玉莹很想上前去给他暖一暖，但，仅仅是这个想法也让她的脸红起来，身子微微地战栗。林子里都是雪，有种说不出的宁静，远山连着远山，像绵绵的日子一样无穷无尽，她和丈夫都靠着树站着，偶尔掠起的山风，把枝头的雪吹下来，青亮亮地落在他们滚烫的面颊上。

玉莹觉得就这点回忆也够丰富够美丽的了。

丈夫有一群朋友常来家里聚会，时常闹到晚上十一二点钟，玉莹一点怨言都没有，她把孩子安置睡了，然后坐在一旁听他们谈社会谈人生，她觉得这样的生活才有意义，才充实。她给他们冲茶倒水，不好意思地听着他们有些歉意的赞美声。

有时，丈夫的酒多喝了一点，会突然想到她的琵琶，他欣赏似的对朋友炫耀，并主动地从床下把装琵琶的盒子拉出来，这种时候，玉莹浑身上下都会不安起来。她的手指如果拨弄到琴弦上将那么地生涩。她笑着推开丈夫，自己把盒子重新放回到床下去，那上面的灰尘沾一点在她的手上，也沾一点在丈夫的臂上，她心里说："我怎么可以在这些人面前弹琵琶呢！"

丈夫的酒量不雅，烟却抽得很凶，玉莹每个月开支的日子都会给丈夫买两条中档的云烟，悄悄地放在丈夫的抽屉内。仿佛已经习惯了，丈夫抽了她买的烟，并没有特别的表示，直到他口袋里烟空了，想起什么似的拉开抽屉，才会说："呀，多亏了你。"

在单位，玉莹很少开玩笑，尤其和男同志，大家都逗她："结婚这么多年了，孩子都上中学了，怎么还跟小姑娘似的，我们又不是要和你谈恋爱。"

玉莹一边敲着键盘，一边红着脸说："去去！"

玉莹敲着键盘，看着自己的手，又想起那如水如云的琵琶，想起丈夫，想起孩子，想起自己，从前的日子，今后的日子，一条潺潺的小溪从她指尖流过，浸润着她有些干燥的皮肤。

玉莹多年不弹琵琶了，可是有一天，她突然把琵琶找出来，仔细擦去上边的灰尘。她轻轻地抚了一下琴弦，心也细细碎碎地乱起来。

她想弹一曲《昭君出塞》，可怎么也弹不成。

她哭了，泪水里，她模糊地看到丈夫搂着一个女学生的腰，进入了一个无比喧闹的场所……

醉 酒

她二十六岁了，还没有对象。

她长得漂亮，却不喜欢打扮。

她很少和男人接触，每天默默地工作，默默地开支，默默地去银行存钱。她有一张卡，除了用于存钱，没干别的用过，她不知道自己的卡里有多少钱，因为她从来没有取过钱。

这一年，单位调来一个新同事，能说善笑，走起路来风风火火，站起来、坐下去都像打鼓一样。他好像有使不完的力气，无论干什么都要弄出很大的动静。

也有安静的时候。

比如说，他养了一只猫，是别人丢到街头的病猫，他捡回去了，放进儿子小时候用过的摇篮里。他给猫治病，猫躺在摇篮里养身体的时候，他会坐在一边和它说话，虽然他说什么，猫不知道，像猫说什么，他不知道一样。

但他想，他们的心意是相通的。

那只猫痊愈了，和他的感情最好。

有一次，他受报社的委托，去植物园拍灰喜鹊，他站在一个木亭子里能一整天一动不动，有时，灰喜鹊就落在离他不远的地方，他怕惊着了灰喜鹊，竟连快门都不敢按了。

他喜欢喝酒。

一个人的时候，他多半和酒对坐在一起。

他来了单位，不久就认识了她，并渐渐熟悉起来。他虽闹，却很少和她开玩笑，每次路过她办公室门口的时候，"咚咚"的脚步声也一下子轻了许多。

他说，她是一只灰喜鹊，他怕惊着她。

那是一个夜晚，单位聚会，在这座城市的某一个地方。聚完了，多半同事决定住在那里，而她却想回来。天晚路远，没有人相伴是不行的，她想到了他，也看见了他，就问他："你回去吗？"

他手里拿着包，一脸的微笑，说："回去。"

她心里一下很温暖。

路很远，两个人应该说点什么，可是什么也没说。

出租车在公路上跑，浅淡的歌声如同呢喃。

到家了，他送她到楼道口，听她上楼的声音，直到她进了家门，他才回到出租车里。

她站在窗帘的后边，看出租车转弯、消失，像一声叹息。

她给他打电话。

他接了。

她说："走了？"

他说："走了。"

她说："注意安全。"

他说："没事。"

之后是长长的沉默。

……

第二天，她主动找到他，请他去喝酒。他什么也没说，答应了。他们找了一个幽静的饭店，依窗坐下，要了酒菜，开始喝了起来。喝酒的时候，他们都想说点什么，可话到嘴边，又都咽了回去。

就是喝酒。

一瓶。

两瓶。

三瓶。

四瓶。

五瓶。

……

不知道喝了多少。

最后，他说："我爱人已经卧床多年了……"

她说："我知道。"

他不知道，为了请他吃饭，她一大早特意从卡里取了钱。

他们手中的杯子碰到一起，干了。

之后，他们醉了。

存 在

我的一个朋友，当年写诗，写得很好，后来突然不写了。不写了，去挣钱，六亲不认，只认钱。大概用了十年的时间，他挣了许多钱，在北京买房买车；在海滨城市买房买车；在海岛上买房买车，目前正计划在国外买房买车。因为久未联络，不知道他选择的国家是法国还是德国。

法国浪漫。

而德国，更趋于现实。

大概是二十世纪八十年代的事，那时我们都年轻，只有二十岁多一点，读书，上班，恋爱，憧憬未来，对世间的一切都充满新鲜感和好奇心。

我的这个朋友姓栾。

因为他读的学校是中专，所以毕业早。等到我寻思着去读书了，他已经上班了；一样，等我寻思着找女朋友了，他已经恋爱成功了。他的女朋友姓殷，是一家大医院的护士。他们的恋爱有一定的传奇性，栾去殷所在的医院做阑尾手术，一下子就被殷看中了，殷热烈、大方、漂亮，很快就征服了栾。

他们闪电般地恋爱了。

我们都为栾感到高兴，大家在一起喝酒，吆五喝六的，通宵达旦。

我们高兴的原因很简单——栾是我们这一帮人中第一个和女生有亲密交往的！所以，那段时间，大家轮番请他喝酒，目的就是想听听他和殷的恋爱秘闻。

第一次拉手。

第一次拥抱。

第一次接吻。

第一次抚摸。

第二次拉手，拥抱，接吻；第二次抚摸。

这些叙述让栾幸福，让我们激动并浮想联翩。

他们的交往大概持续了一个月，突然有一天，栾向我们宣布，他和殷，只有他和殷，他们两个人要到邻近的一个城市去旅游了。换言之，他们要背着家人，以撒谎的方式在外边过夜了。

我们一律紧张得要命。

我们尽可能地想象他们在一起的那个夜晚，但这样的想象实在无法填充我们大脑的空白。好在只有一夜。那时，还没有大礼拜之说，一周工作六天，只有周日一天休息。他们周六走，周日一定要回来，不然就会耽误工作。我们等待的这一夜过去了，他们也真的回来了，只是，回来的只有栾，而殷并未和他一起。

这让我们深感纳罕。

于是，有了栾的一段表白。

栾是哭着说这番话的——他和她去了那个城市，一切都是那个殷在主动，包括晚上睡觉。他们住到了一个房间里，并共同完成了男孩女孩儿向男人女人过渡的全部过程。殷是处女。这让栾十分恐慌。可在黑夜之中，殷不但没哭，反而开心地笑了，她轻声地呻吟着，一遍又一遍地说着"谢谢"。那一夜，栾哭了，他觉得自己获得了权利。可是，令所有人不解的是，第二天一早，当他们又一次激情过后，殷冷静地向栾提出分手。为什么？为什么？为什么？不为什么，就是分手。如此决绝，不可商量，毫无回旋余地！

那以后，栾多次去医院找殷，都被殷拒绝了。

最后一次，殷说："别找我了，好好工作，多挣点钱，你一定会遇到一个好姑娘的。至于我，实话实说，我根本不爱你。"

栾委屈极了。

我们一班人马在询问了所有细节之后，得知，在栾和殷的交往过程中，基本上都是殷在花钱，看电影，买瓜子，包括去邻近的城市过夜。每次栾都想花钱，都被殷拦下了。

栾以为这是爱的表现。

谁知，竟是他们分手的根由。至少我们这样认为。

女人的心，海底的针！她们做的和想的根本就是两回事！

我们都为栾感到惋惜。

时间过得飞快，一晃几十年过去了，我们各自挣扎，各自奋斗，各自立业，各自成家。生活是一成不变的清水，原来什么样，现在还是什么样，我们终于深切地明白，什么是"汉有游女，不可求思"。

直到有一天，我再次遇到殷。

那是在一家书店的休息室里，我意外地看见了殷。恰巧的是，她手里拿的正是我的新书。显然，她也看到了我，先是一愣，随后笑了。

她说："真巧。"

我也说："真巧。"

接下来是沉默。

大概有十分钟，她突然问到栾："他怎么样，好吗？"

我笑了笑说："他现在穷得只剩下钱了。"

殷一下明白了我的意思。

她说："我和他分手不是因为他穷，你们都想错了。"

殷认识栾的时候，正在追求同院的一个大夫，只是，这个大夫新婚不久，说什么也不肯"就范"。原因是她是处女，他不敢也不能为她负责。于是，殷就遇到了栾，她追栾的唯一目的是让栾剥夺她的处女身份，因为只有这样，她才能毫无障碍地直抵幸福的彼岸。

表述完这一切，是彼此间的沉默。又一刻，殷放下手里的书，冲我礼貌地点点头，站起身走了。我想，她也是几十岁的人了吧？她追求上那个大夫了吗？他们结合了吗？如果这一切就是生活必须存在的理由，那么，谁又能告诉我，真正的幸福的彼岸它究竟在哪里？

风　景

　　我仔细地打扫了一下我的记忆，我应该是十二岁的时候，最后一次去母亲曾经工作过的地方——松城阀门四厂。厂子离家很远，需倒两次有轨电车，再走两公里路才能到。厂子的南侧是大片的沼泽地，有水鸟在沼泽地上飞来飞去。母亲对我看管很紧，不许出工厂的大门，更不允许去沼泽地的边缘，因为那里不但淹死过许多鸡鸭鹅狗、骡马猪羊，还淹死过许多人。一脚踏空，就进了泥淖，挣扎几下就没了，救都来不及，只能眼睁睁地看着人死去。

　　工厂里有一个马姨，个子矮，但很漂亮，穿一件红毛衣，故意把针收得很紧，那样，她的胸就显露出来了，男人们看了都流口水。马姨和母亲一样是翻砂工，沉重的模板在她们手上翻飞，像武术师傅在演练一种奇怪的兵器，钺，或者钩，要么就是乾坤轮。马姨和母亲大臂上的肌肉比她们丈夫的还要大，轻轻一握拳，就鼓起两个大包。

　　厂子里有一个铜堆，里边藏尽了各种古玩，同鹤碗、佛像、香炉，各个朝代的"大钱儿"，我曾收集全了包括齐刀币在内的所有朝代的钱币，用麻绳穿了五大串儿；洪武钱、太平钱都有，从春秋到战国，秦皇汉武、唐宗宋主无不在列。非常可惜的是，我的知识分子父亲害怕"封资修"，加之家中缺钱用，他把它们全当废铜给卖了。

我妹说："哥，你说你攒的那些大钱儿要是留到现在是不是老值钱了？"

是。

但我想没有它们，我们也活下来了，而且活得也挺好，全须全尾的，都在呢。

翻砂车间的外边是大炉，所有的炉工都在这里，一共三个，张师傅、李师傅、徐师傅。大炉是用来熔铜的，铜水浇铸在模子里，再经过母亲她们的手，就翻成了新的铜件，最多的是水龙头，一排一排的，就差把"龙身子"和"龙尾"续上了。炉子温度高达千度，离十几米远呢，脸就被烤红了。张师傅吓唬我说："离炉子远点，你要掉炉子里，你妈就再也找不到你了。"李师傅说："可不是，那一年，花美丽跳炉子，只剩下一个影了，余下的全在铜件里呢。你说，谁家用了有她血肉的水龙头，那流水的声音是不是像她唱的歌那么好听呢？"这话太瘆人了，我不敢听，话不敢听，却听见徐师傅的一声叹息，说："一晃，死十年了。"

张师傅、李师傅、徐师傅他们三个人中午吃饭的时候是要喝酒的。那时候的人喝酒，和现在的人不一样，他们一人一个大饭盒儿，里边儿有饭有菜，可是，饭盒里的菜不是用来就酒的，那是用来就饭的。就酒喝了，饭可咋办。他们都这么说。于是，饭盒放在那里不动，每个人从怀里掏出一个一两的白瓷蓝边儿散沿儿的酒盅，往桌子上一摆，跟牺牲用具似的。酒是三个人合伙买的，装在一个铁皮桶里，盖儿拧得很死，无论谁拧，都吹胡子瞪眼的。不偏不倚，一人一盅，碧绿，悠悠地挂在盅沿儿上，一滴也不洒。

张师傅拿出一个纸包，里边是几粒儿砸碎的花生米；李师傅拿出一个纸包，里边是几片虾皮子；徐师傅拿出一个纸包，里边是三十多粒儿粗砂糖，这就是他们的下酒菜。马姨是喜欢喝酒的，但她不参与买酒，她每天给张、李、徐三位师傅带一块二分五的大豆腐，放葱花、酱油，算得上美味。马姨和他们坐一桌儿——其实就是一块预制板，把大茶缸子一放，"咚咚咚咚"地倒半杯，她爱喝，能喝，后手高点儿，半斤，心疼他们仨了，就三两。三位师傅只是笑，谁也不拦，心里急着吃豆腐，然后和马姨没完没了地开玩笑。

他们开玩笑我听不懂，但我知道不是什么好嗑儿。

有时他们问我："小罐子，你爸和你妈晚上睡觉不？"

我说："睡。"

他们又问："谁在上边儿？"

我说："并排儿。"

他们就笑，张师傅还用胡子扎我，笑够了，接着喝酒，除了马姨，都是一小口一小口的。张师傅有一块"老上海"，马姨抢了几次也没抢去。张师傅只要看表了，我就知道他们吃饭的时间到了，只见他们端起酒盅，仰脖一搋，手在半空停几秒，等酒流尽了，才瞄一眼，然后放进里怀的口袋里。接下来吃饭，打开饭盒盖，哗哗啦啦的，不到三分钟，饭吃完了，大手一抬，抹抹嘴巴，干活儿去了。

喝完酒，他们的身上有使不完的劲儿。

那一天，我从阀门四厂的墙豁口翻出去了，我背着我妈去了沼泽地的毛道上，我看见马姨偷偷地在哭，肩膀一耸一耸的，像一件在风中抖动的布衫儿。另外，我还看见一只鹤从天空飞过，两条腿直直的，宛如追逐人生的箭。

第二辑　织花的田野

三 爷

多少次有这样的冲动，想写一写三爷——也就是我爷的弟弟，一个老实巴交的会点木匠活儿的农民。他年轻的时候就不好务农，一心想学点手艺，可是，在外人看来，他是一个一窍不通的人，如果能把地侍弄明白就不错了，怎么可能去学手艺呢？

结果呢？他还是去了，学木匠，一学就是三年。三年了，师兄弟们都满徒走了，可以自己走乡串县打橱柜了，只有他，依然对木匠的精细技艺似是而非，手里的家伙事儿长偏了心眼儿一样，不是左三寸歪，就是右四寸斜，气得师父哭笑不得，点着脑门儿骂他："我怎么也能教出一个大眼儿木匠？！"

大眼儿木匠干不了细木工，只能帮人盖盖房子——说白了，凿大眼儿还行，凿小眼儿，永远不在行。

就是这样一个人，不紧不慢地也活到了八十岁。

八十岁那天，我的叔叔婶婶们给他做了一碗面，他将这碗面吃得稀里呼噜的，吃完了一抹嘴，说："我要打张桌子。"

叔叔婶子们纳闷，他为什么突然要打一张桌子？

他老了，闲着也没事干，愿意折腾就折腾吧。

于是，叔叔婶子们给他找来一些破方子破板子，一股脑地丢在外屋地上，那意思很明白，你就在这儿干吧。

三爷很笃定地翻出自己的刨子、斧子、凿子、锯，"吱吱啦

106

啦"地开工大吉。

他要打一张什么样的桌子呢？

儿女们谁也不知道。

从春天到秋天，从秋天到冬天，冬天外屋地儿冷，三爷只好进到里屋去。他每天锯呀，刨呀，那些破板子、破方子竟然被他一天天地收拾得油光水滑。

三爷打桌子的过程中，我回过一次老家，大抵是哪个叔叔家办事儿，我受父母委托回去随份子。父母给三爷捎上了老式的四合礼，千叮咛万嘱咐，让我交到三爷的手里。

我见了三爷，他的目光已经完全浑浊，他伏在我的脸上看了半天，才恍然大悟般地笑了，说："是北子呀？你爹挺好的？"

我管我爸叫爸，从来不叫爹。

但三爷一直坚持地把我爸的称谓置换成了"爹"。

在他的概念里，"爹"还是实实诚诚的"爹"，而"爸"就有点过于虚浮了。

所以，他问我："你爹挺好的？"

我说："挺好的。"

他就咧开嘴笑，露出了不多的几颗牙。

转回来，我问他："三爷，你这是干啥呀？"

他说："他妈的我想做张小桌子。"

我又问："做桌子干啥呀？"

他说："用。"

叔叔婶子们在一边看着，忍不住笑，纷纷告诉我，不用问他，他已经老糊涂了。

就这么着，三爷的桌子像一个模糊不清的谜。

寒来暑往，一晃三年过去了，在大家的不经意中，三爷的桌子完成了，小圆桌，可以折叠的，用的时候可以打开，不用的时候合起来，往墙边一靠，一点儿也不占地方。

三爷组装桌子的那几天可算是大热闹！

他拼桌面的板子大大小小有几十块，以前，谁也不清楚这些积木般的方块究竟能派上什么用场，现在好了，三爷像变戏法似的把那些拼图碎片一样的木板拼接在一起，眨眼之间就变成了一个规整的圆形桌面。这个桌面像老和尚的百衲衣，但零碎之中带着不可忽视的和谐。那些木头有榆木，有柳木，有枣木，有梨木，有桃木，有松木，五花八门，各呈其祥，色彩缤纷。

别的不说，就说这个桌面吧，让每一个见到它的人都啧啧称奇。

见到这个桌面，谁还能说三爷是一个大眼儿木匠呢？

桌子做好，三爷亲自把它搬到炕上，桌子没有漆油，完全地散发着木质的芬芳。

恰饭菜好了。

三爷喜滋滋地冲着外屋喊："快点喊你妈，叫她吃饭！"

一句话，把大家都喊蒙了。

好半晌，我大叔才小心翼翼地说："爹，我妈都死好几年了。"

"死了？"三爷一脸的疑惑。

"死了好几年了。"大叔又说，声音里已经有了凄惶。

"死了，是呀，死了好几年了，到了儿也没用上我给她做的桌子。"

到这时，叔叔婶子们的心里才算明白，三奶活着的时候，就常抱怨，说自己被三爷骗了，他答应给自己做一张新桌子，可一辈子也没见着新桌子啥样。

三爷死了，带着他的新桌子。我穷极想象企图复制三爷和三奶初见时的模样。他们定情了，三奶一定是这样说的："我要一张新桌子。"三爷拼命点头。

那是三爷学木匠之前呢？

还是之后？

不管怎么说，对于一辈人来讲，那是一个美丽的故事。

大　叔

那一年，我正在外地出差，家里传来消息，说大叔死了。早就知道他病倒了，前景不好，但没想到这么快。接到电话，我的内心泛起哀伤，不自觉地沿着小街走到天一阁旁边的江堤上。

范钦在院子里独坐，手里拿着一本书，他目光专注，仿佛在品读人间。

人间有多少悲喜剧啊！

大叔结婚的时候，我还小，只知道吃糖、吃肉，对他内心里的喜悦一无所知，只知道大婶家离此不远，大婶高兴了，不高兴了，一哈腰就能回到娘家去。高兴了，是去看爹看妈，去去就回了；不高兴了，那一定是和大叔拌嘴了，心里赌气，用农村妇女一贯的办法对大叔加以惩治。

大叔受了惩治，自然会穿戴一新，骑着自行车，背着猎枪去老丈人家，三说两说，怎么也要把大婶接回来。

接回来了，便有一家儿欢声笑语几日。

读者一定纳闷，大叔背着个猎枪干什么呢？

这就说到他们家的点子上了。

大叔不是二流子，但在农村绝对属于游手好闲之辈。集体的活是能推就推，能躲就躲，实在躲不过了，就磨洋工，一年到头，挣不上几个工分，是个连口粮都挣不齐的主儿。

可是，他有一个癖好，那就是打猎。

我们家乡那个地方属于平原，没有什么太大的野兽，一年看到两回狐狸都属于开了眼了，其他的，只有野兔、野鸡、野鸭子、刺猬、鹌鹑等供大叔消遣。

大叔枪法不准，一般"出猎"都是十去九空，对此，他不以为意，累了，就在壕沟或梁上睡觉，睡醒了，扛着枪回家。偶尔有了收获，那一定全屯子都知道，因为他会派自己的儿子满街筒子找我另外几个叔叔去他家里喝酒。

日子什么都不怕，就怕磨。

坚实的，如磨盘，磨着磨着磨好了。不坚实的，如江石沫子，磨着磨着就碎了。四分五裂，接不上了。

大叔和大婶就属于后一种。

生产队的时候，怎么也好说，书记、队长、会计、妇女主任、民兵连长都不会让你饿死。可土地承包以后，大叔还想这么混指定是不行了。孩子小，家里只有他和大婶两个劳动力，总不能把家里家外的活儿都丢给大婶吧？

可大叔还真就这么想的。

苞米种下去了，草比苗高，大婶一个人干不过来，气得跺脚直哭。吵着骂着把活干了，基本上也是干一天躺三天——大叔就这么一副坯子，再好的模子又能把他脱成啥样呢？

这么打闹着，两个孩子降生了，长大了。

还是这么打闹着，他们一天天就老了。

大婶把大叔的猎枪藏起来了，他四处借钱买了一把气枪；大婶把他的气枪藏起来了，他能做一把弹弓。他们就是这么斗智斗勇着，一个希望对方改掉恶习，一个却一味坚守着自己的人生追求——如果大叔的行为还算追求的话。

突然有一年上头下达禁猎令，所有的野生动物都变得珍贵无比，受到严格的保护。打猎是违法的事，违法的事你还敢干吗？

大叔也不敢。

大叔不打猎了，整个人就变蔫儿了，他实在没有其他的爱好，所以就一天天望着天空发呆。他病了，吃不下去饭，拉不出来屎。刚开始，家里不以为意，以为他因为禁猎的事心气萎靡；可是，时间长了，看他面黄肌瘦的样子，全村的人都"觉景儿"了，就劝大婶快点带他去看病。

这一看不打紧，癌症，用大夫的话说，刀都不用开了，满肚子都是。

大叔自己也明白，说什么也不同意手术，就是要回家。理由很充分，治病治不了命，浪费那钱干啥，给大婶留着养老吧。一句话，把大婶说哭了，多少年了，大婶都没这么动过情了，她抱着大叔呜咽着说："你听话，咱们好好治病，病好了，我带你回家，回家了，你爱干啥就干啥。"

大叔没哭，反而笑了，说："要是能回去，我啥也不干，好好帮你种地。"

大叔死了，从发现病到离世，两个多月的事儿。

……

年前，故乡修高铁占用耕地，需要迁坟，我们在外的几支子孙都要回去，回去后，总要去看望那些长辈，大婶自然也在其列了。我去看大婶，堂弟说："等下黑吧，这会儿没在，上南梁了。"

见我纳闷，堂弟说："糊涂了。"

我更加不解。

这时，边上有人一边笑，一边解释说："这老婆子学你大叔呢，时不时拿着烧火棍，上山打雀儿去。"说着，随便抄起手边什么家什，左右瞄瞄，嘴里发出"啪"的声音。

大家又笑，我却突然沉默了。

五　叔

村子里的人说，五叔有点傻。原因是他得过脑炎。在我的印象里，五叔反应迟钝是有的，但说他傻，我至今也无法接受。

五叔内向，木讷，略有点口吃。

这能算他傻的理由吗？

关于五叔的傻，村子里有许多的"佐证"。

还是生产队的时候，逢天旱，队长让一个半拉子劳力和五叔一起去浇葱地——"半拉子"是东北话，不顶一个的意思，是半个劳力，多半指半大的孩子——结果呢，半拉子上树趟子逮鸟儿去了，留下五叔一个人干活。半拉子玩累了，趴在草窝里睡着了，一觉醒来，天已大黑，他望望葱地没人，拍拍屁股回家去了。

他那一望，正赶上五叔下河套打水去了，所以，他自认为五叔早就收工回家了。

都半夜了，家里人急了，找队长去问，大家又找半拉子，得知事情经过后，撒丫子往葱地赶。

那场面让人在哭笑不得的情况下，不由得透出心疼。

大月亮地儿里，五叔一个人往返于葱地与河套之间，一瓢一瓢地把水泼洒在葱根上，让它们挺直了腰杆尽情地吸吮。田野上，除了小葱喝水的声音，其他的——风吹树叶的声音——统统不存在了。

队长吼他："天黑了，咋不回家？"

他看看葱地，看看大河，说："没，没浇完呢。"

对于这样一个痴人，你能说什么？

村子里的人说五叔傻，却不讨厌他。他有力气，肯干活，没有闲言碎语，更不惹是生非，谁家有事了，都愿意叫上他，他没什么技术，但一定是最忠于职守的那一个。

五叔年轻的时候，人们担心五叔娶不上媳妇。

五叔快四十岁了，大家认为他娶不上媳妇是正常的。试想想，有谁会把自己的闺女嫁给一个"缺心眼儿"的人呢？按常理说，不会。

可是，哲人说得好，生活往往是意外和意外的连接。

五叔四十三岁那年，一股瑞气直接罩到了他的头顶——有人主动托人说合，想和他结为正式的夫妻过日子。

这个人就是我的五婶。

五婶腿脚有毛病，走路一点一点的。很小就找了婆家，嫁给一个比自己年纪大而且多病的人。后来，这个人死了。婆家不愿收留她，娘家嫂子不待见她，除了改嫁，她没有别的路可走。

她有一个女儿，先天羸弱，瘦小得和年龄成反比。

这样的条件，一般的人家是接受不了的，可是五叔却觉得这是福气，脸红红亮亮的，目光里含满深深的笑意。他穿了一身中山装去相亲，几乎没有犹豫，就把亲事定下来了。

五婶自尊心强，怕麻烦别人，更怕别人小看自己，所以，过门前就说好，彩礼一分不要，婚事无须操办，只求一样，让五叔分家出来单过。

之于五叔来讲，这还算是条件吗？

两个人悄没声地走到了一起，先借后买，置下一处房子，不求不借，不串不走，不来不往，不闻不问，安安静静地过起了东北话中所谓的"死门日子"。

有一年，我父亲回家省亲——他当时是《农村科学实验》的负责人——特意去看望五叔，哥俩儿唠嗑间，父亲说，化肥虽然高产，却很伤地，时间长了，地就板结了，像人不能呼吸一样，死地或许能长草，却长不出好庄稼。五叔问他，那咋整？父亲说，还是农家肥养地。

父亲是新中国成立后村子里第一个大学生，五叔从小就信他。

父亲的一句感慨，无意间决定了五叔以及五叔一家的命运。自那以后，五叔家的半垧多地只上农家肥，没沾染化肥的一丁点毒气。

村子里的人说五叔傻，五婶却支持他。他们在一起过得恩爱，不但把大闺女养胖了，他们自己还生了一个小小子。别人家的地高产，五叔家的地低产；别人家的玉米谷子棒长穗大，五叔家的粮食从里到外透着羞涩。

卖粮的时候，人们会闲问："卖多少钱呀？"

五叔只是一笑："够吃。"

按理来说，五叔是一个没有故事的人，可是，故事却在他施用农家肥二十几年后发生了，有一家自称专门往中南海供应粮食的公司找到五叔，把他家的地给包了。种玉米，种高粱，种谷子，种黄豆……种啥都行，收购价就是一个字：高。一亩地出别人家一垧地的钱，十里八村的人都恨不得扛着铁锹到五叔家的地里挖点土回来。

五叔已经快六十几岁了，偶尔有故乡的人来城里打工或办事，见了我都说："你五叔，发大财了。"

我想，五叔发了什么财呢？

应该这样讲，人活得简单了，就是快乐。

五叔，就是一个鲜活的例子！

六　叔

有一次乘车路过"老家"——一个小小的火车站，远远地看到一片红黄的谷子在夕阳里散金光，内心突生感慨。我想起了一个人，我的六叔，他的面孔有点模糊，但模糊中又透着清晰。

早些年，从长春往北，慢车需停的小站很多。我能记住的是这些——小南，米沙子，老家，一间堡，沃皮。从沃皮再向北，我就记不住了。我每次回故乡，就在沃皮下火车。那里有我许多亲人，可时至今日，远离那里的人实在太多了。

六叔就是一个。

因为家里穷，除了大叔以外，他身下的几个叔叔结婚皆晚，都是四十几岁了，才有女人肯嫁给他们。而且，我这几个婶子都是带孩子来的，进门就当家，把几个叔叔管束得服服帖帖。

六叔是上门女婿。

有关六婶的情况我不太了解，只知道她和之前的那个男的有一个女孩。六叔和她结婚的时候，那个女孩已经上学了，据说跟六叔还挺亲近。

六婶居住的村子在老家，离国道有几里地远。有一次，故乡的亲戚家办喜事，我和六叔都赶回去随礼。回来时，乘同一辆汽车，快到老家客运站时，六叔指着隐约的房舍说："就那里，要不到家里坐坐？"

因为着急回家，我没有下车，但那轻雾中的村道以及牵系着六叔的那一丝温暖，却让我颇为心动。六叔的脸上有满足的笑意，多皱的眼角荡漾着条条的波纹。这些都是我小的时候很难见到的。六叔是一个正常的男人，到了婚亲的年龄却没有条件成家，怎么说也是一件痛苦的事。

如果因为六婶的存在，六叔的后半生能过得安稳而快乐，我的心里也会得到安慰。

我对六叔是有好感的。

他平日里说话和气，对我这样的比较淘气的小孩子也不呵斥。有时，我玩累了，趴在他屋里的火炕上睡着了，他都会拉过棉被帮我盖上，等到天大黑了，才背起我送到母亲那里，若是母亲不急，他就会说："让他睡我这儿吧。"

六叔爱干净，他有一铺小炕。

那一年，我十二三岁的样子，第一次独自回故乡去看祖父。虽然临行前对着父母说了一堆的豪言壮语，但是下了火车之后，浑身的毛孔一下子就全都炸开了。在玉米地里开出的泥土路弯弯曲曲的，四通八达，从火车上下来的原本就不多的几个人很快就被绿油油的青纱帐给吞没了，各自赶往自己的村落。

寂静的小路上渐渐地只剩下我一个人。

风的脚步在庄稼的缝隙间胡乱穿行，它忽而紧，忽而慢，有意吓唬我一般，突然在我身后弄出怪异的声响。

我害怕极了。

路过邵家窝棚，我到临街的人家讨了一口水喝，我坐在村边的井台上，貌似休息，实则是在期待一个同行的人。

可是没有。

我咬咬牙，继续赶路，想到一会儿要路过那座不知名的孤坟，然后要路过村子的墓地——烂死岗子，我的头发都竖起来了，后背的冷汗凉丝丝地往腰窝里流。我后悔不听母亲的话，不让叔叔或者舅舅到火车站来接我；更后悔自己逞强，用尚未发育成熟的身体和心智充填勇敢者的墓志铭。可如今，后悔又有什么用呢？

我几乎是"目不旁视"地闭着眼睛直往前冲，一心希望早早地冲到离村子不远的草甸上。那里是开阔地，有野花，有野草，一定也有放猪或者放马的人。到那时，一声呐喊，所有的惊惧就都烟消云散了。

"回来了？"

一个平缓的声音直入耳郭。

先惊后喜，虽然高度紧张，我依然一下子就听出了是六叔。

"回来了。"

"你爸妈都挺好的？"

"挺好的。"

"好，好，你快回去吧，快吃晌午饭了。"

"六叔，你干啥去？"

"去沃皮。"

"六叔……"

"啊？"

大概是自尊心在作怪，我原本想让六叔送我回去，可话到嘴边，又生生地咽了回去。

"有啥事呀？"六叔问。

"没，没有。"

为了掩饰自己的慌张与羞愧，我一弯腰，又猛走起来。我想，六叔一定是愣了片刻的，但是，他还是回身追上了我。

烂死岗子就在眼前。

六叔说："忘了点东西。"

我的心一下子安稳了许多。

那一天，六叔一直陪我走到村头，见我进了村子，他才又摆摆手，再次折转身，匆匆地往沃皮去了。当时的我没有多想，甚至没有丝毫的纳罕——六叔忘了什么东西？忘了东西怎么又不取了呢？

现在我明白了，六叔哪里是忘了东西，他是看破了我的恐惧心理，一心送我回来的。

六叔啊，如果现在我和你说起这件事，你还能记得吗？

七　叔

　　三爷家的这一支人，男丁是最多的。我曾祖父，也就是我的太爷有三个儿子，大爷，我爷，三爷。原本还有一个老爷，但是被国民党抓了壮丁，到部队没多长时间，就让流弹打死了，死时只有十七岁。

　　我大爷离家早，基本上不怎么管家里的事。他有两个儿子，在"振"字辈里排老大和老三。我爷只有我父亲一个儿子，排行老二。余下的就是三爷家的几个叔叔——大叔，实际上应该叫四叔；五叔，六叔，七叔。七叔最小，只比我大一岁，是一个淘气的主儿。

　　记得小的时候有一次，他着急忙慌地往我家跑，一边跑一边呜噜呜噜地叫二嫂。母亲听见他喊，自然会出去，看一看究竟发生了什么事情，他比母亲小二十几岁，在母亲眼里和孩子没有什么区别。

　　"怎么了？怎么了？"母亲问。

　　七叔瞪着一双小眼睛，只"呜呜"不答话。

　　"你到底怎么了？"

　　母亲蹲下身，在他的脸上左望右望。

　　"呜呜。"他指自己的嘴巴。

　　母亲探头看去，不想他长长地吐出舌头来。母亲一声惊叫，整个人跌坐到了地上。原来七叔的嘴里含了一条毛毛虫，他是特意吓唬母亲来了。

见母亲真的给吓着了，他鬼模鬼样地开心地跑开了。

他是三奶生的最后一个孩子，所以三奶对他格外宠爱。也正因为他是三奶的最后一个孩子，所以，他的身材又瘦又小，如果蹲在树上，像一只猴子。

等稍大一点，七叔简直成了我的崇拜对象。上山挖鼠洞，下柳树趟子捉鸟，抓蛤蟆捞虾，拢火烧黄豆，没有什么是他不会的。

生产队让他当猪倌儿，他就每天早晨骑在一头老母猪身上，从村东头喊到村西头，声音像"叫叫儿"一样尖细刺耳。凡养猪的人家听了他的喊声，便抽开猪圈的木栅栏门，让自己家的猪小跑着汇入黑白相杂的猪群里去。

现在说什么也想不清，那头老母猪是谁家的。

你这一辈子见过骑牛的、骑马的、骑驴的，你见过骑猪的吗？

我七叔就是一个。

老话说得好，叫"日月如梭"，一年一年的，我和七叔都一点点长大了，我随父母去了长春，他留在老家务农。据说，在三爷家的几个叔叔里，七叔是最勤快的，手也是最巧的。原来，他很爱说笑，可随着年纪的增长，他变得沉默、羞涩起来。

大叔结婚后，他和五叔、六叔、三爷三奶一起过。

五叔结婚后，他和六叔、三爷三奶一起过。

等到六叔去几十里之外当上门女婿去了，三爷三奶也老了，七叔仍和他们一起过，用农村的话讲，他承了家产，是要给二老养老送终的。

十几年前吧，七婶带着一个小闺女嫁到了这个家，七叔的眉眼间突然多了笑意，他好像又恢复了小时候的淘气的性子。时不时地用肩膀驮着七婶的小闺女，不，也应是他的小闺女，前院后院地跑，偶尔嘴里还会发出"哼哼哼"的声响。

那正是老母猪的声响啊！他准是又想起它了。

农村人里，有很多都是爱贪小利的，百八十块钱的事，有时会弄得亲兄弟姐妹老死不相往来。我有一个嫂子，就是因为一捆烧柴和亲妯娌当街对骂，情急时竟然撕扯到一处，若不是村干部及时赶来，说不定会闹出人命。

何苦呢？

正是基于这样的认知，前段日子从母亲那里听说了七叔的一件事，让我对他格外地敬佩。

七叔和七婶在一起过了十几年，三奶和三爷也相继过世，他们想把房子翻盖一下，盖成村里流行的新样式。准备了砖，准备了瓦，准备了木料，准备了钢筋和砂石。择选日子，逢吉开工。农村的惯例，七叔家盖房，村邻都要来帮忙，呼呼啦啦十几个人，在七叔家的房基地上往复穿梭。

这一天，需要去镇上破木料，村上一个张姓的小子闹着要开车。那是午后，他刚刚喝了点酒，七叔的意思是让他押车，可他横竖坐进驾驶室，一路欢叫着把车开走了。

谁会料到，车至桥上，为了躲避对面来车，打舵打大了，小车一下子撞上了桥栏杆。车无大碍，可车上有个人飞到桥下去了，虽性命无碍，一只小臂却生生地被截了去。

七叔领人看病，按价赔钱，两个多月折腾下来，为盖房子攒的那些积蓄散失一空。

这是多么令人懊丧的事。

村里有人对七叔说，车是张姓小子开的，他有责任，应该拿些钱出来。

也有人说，张姓小子没有驾照，酒后驾车是犯罪。

……

说话的人很多，只有七叔不语。

有人问他："你到底咋想的？"

七叔抬头看看天，说："我要是那么做了，就更睡不着觉了。"

问话的人看他，他本来就瘦，更瘦了。

呼喊的姥爷

一直想写写姥爷，但可能是因为太亲近了，一时，不，不是一时，是总不能下笔，一下笔就觉得自己思绪里的世界是错乱的，和姥爷的形象对不上号。

外表是不错的。

大高个儿，有一点驼背，眼睛不大，因为总是眯着，越发显得细长。眼睛细长，一张脸就有了和蔼的祥气，所以，人们说，姥爷是一个笑面。

他习惯背手，焦虑的时候更是这个样子。

他的烟袋很短，短到一只大手就能握住。

姥爷有个外号，叫"天老爷"。

姥爷雷打不动地只走一条路去大姨娘家，喝水、歇脚都在固定的地方，从年轻到年老，没有过一次更改。

姥爷……

再有就是人尽相通的琐事，说与不说都一样。

谁都能感知得到。

我大舅十六岁的时候，我们老家那里还在打仗。国民党和共产党在平原上"拉锯"，隔三岔五就会有队伍开进村子里来。

国民党抓壮丁。

大舅不太壮，但是被抓去了。

姥姥当时就躺倒在炕上了，一家人哭哭啼啼，本来就不太平的日子变得更加地慌乱。大舅是家里的长子，也是主要的劳动力，他的命运如何，牵系着一家人的未来。

大家都指望姥爷能有个主意，可是，老实巴交的姥爷会有什么主意呢？他的痛苦和焦躁可想而知。他茶饭不思，连着两天两夜在院子里疯走，走几步就停下来，仰天长叹，呼喊着："天老爷呀——天老爷呀！"

也许，是他的呼喊感动了上苍？

第三天，大舅让人给抬回来了。

十六岁，咋说也是一个孩子，大概是受了惊吓，大舅一到国民党的队伍上，就狂泻不止，两天下来，身子瘦了一圈，脸也就剩一小条儿了。他昏沉愣怔，水米不进，一条裤子污渍斑斑，臭气传遍了整个营房。

所谓的营房就是老百姓的家。

眼见着大舅人事不省，国民党当官的就让村邻把他丢出去。

村邻怎么能丢呢？一张门板给姥爷抬回家来。

说来也怪，一进家门，大舅就清醒了，虽然虚弱，但能认出爹娘，一双眼流出眼泪来，叫着："爹，妈，我想喝水。"

村邻说姥爷："你这天老爷没有白叫！"

也有的说："他就是天老爷！"

从此，姥爷就得了这个外号。

这个故事有一点虚构的成分，因为当事人都已经不在了，更多的细节无法一一考证；但是大体是不差的，姥爷的外号确定是因为大舅被征兵而获得的。

那么，说另外一个有点"推理"味道的故事。

我大姨娘家住在离姥爷家三十里的另外一个县城的一个村子里。从此到彼，要过五六个自然屯。姥爷每年农闲或过节的时候，都要去姨娘家小住几日，一是看望女儿女婿，另外，是要儿女孝敬，打打牙祭。

五六个自然屯，村村有水井，屯屯有草垛。

可是，姥爷为什么只在那个叫七队的小村子里停留一阵儿呢？

我小的时候，是多次和姥爷一起去姨娘家的，天一亮就起身上路，兜里揣着两块饼子，一个土豆，几枚杏子或海棠，这就是打尖时的吃食了，虽简单，但香甜。

我走累了，要歇一歇，姥爷就把我背在后背上，走一程，放下来。累了，再背，直至走到七队，姥爷才确切地表示："喝水，歇会儿。"

接下来的动作是一致的。

在井台打一辘轳水，先冲冲头，洗洗脸，然后尽情尽意地喝一阵，四下里望望，阳光铺了一地。是正午，周围没人，遇人了，也是浅浅地招呼一声，像一幕剧的闲笔，让人会有半刻的愣神儿。

喝了水，姥爷便寻那草堆靠上去，掏出烟袋装烟，点燃，深吸一口，之后，便只向着一个方向凝视。

这组画面太真切了，每次回想起来，都不蒙一丝一缕的岁月的烟雾。

大概有半个时辰，姥爷会突发一声："天老爷呀——"之后，挺起身，叫我，"小罐子，走啦。"

往往这时，我都是望着头顶的蜻蜓或一丝风发呆。

一次这样。

两次这样。

三次这样。

……

至少我和姥爷在一起的时候，都是这样。

他在呼喊什么呢？

我无法猜测，更无法涉及这个故事的核心秘密，我只是为姥爷的呼喊而着迷。凭空的，无来由的，甚至是无去处的，轻的，但隐含着也爆发着力量的，绝望的，又充满祈求的，果断的，又有一丝连缀……

呼喊的姥爷，你能在自己的生命里走多远？

为什么想到你的呼喊，我的耳边就充满脆弱的雷声？

姥爷，你能告诉我吗？

我很想让这个"推理"获得完整的明晰的结局。

鸡肉土豆

那是二十世纪七十年代的末期，家里生活十分困难，父母为了生计，都在自己的岗位上奔波，照顾我和妹妹，尤其是在假期照顾我和妹妹，一直是他们沉重的负担。

他们别无选择。

唯一可选择的，就是把我们送回老家，送到爷爷或者姥姥姥爷那里。

爷爷家和姥爷姥姥家住在一个村子里。

我奶奶死得早，爷爷基本保持着一个人生活的习惯——除了照顾自己，不太会照顾别人。所以，所谓的回老家，大部分时间，是住在姥姥姥爷家里。这话说得复杂，但也得这么说，姥姥姥爷上了年纪，一直和大舅过，所以，讲得更清楚一点，我和妹妹的假日时光是在大舅的身边度过的。

大舅有八个孩子，舅妈又是一个疯子，可以想象，他的日子也是十分艰苦的。

但是，大舅从来也不嫌弃我们。

关于鸡肉土豆这件事，在我们童年、少年乃至青年时期，一直都是个谜，无论是谁问到姥姥，姥姥都笑而不语，问多了，就是那句一成不变的回答："鸡肉让土豆吃了。"

土豆能吃鸡肉，这是多年之后我们才能领悟的道理。

那是一个夏天的深夜，我们刚刚睡熟，姥姥就起来了，或者说，她根本就一夜没睡，只为给我们做一顿丰盛的早饭。

即使现在，我也只能用想象填补姥姥劳顿的身影。

她坐在月亮地里，一颗一颗地削着土豆，整整一大盆削好皮的土豆，经过井水的清洗，在月光下泛着白光。姥姥是小脚，她提水洗菜的身影不自觉地蹒跚。大黄狗跟在她身前身后，不时地用尾巴扫荡她的裤脚，熟睡的家人挤在一铺炕上，发出横七竖八的呢喃。

我的想象里没有鸡。

我设计不出一只褪了毛的鸡在月光下的形态。

也许，从一开始，小鸡就被土豆"秒杀"了。

也许还有另外一种可能，一只夜间出来觅食的黄鼠狼，在什么地方叼了一只鸡，想从舅舅家的院子抄近路穿过，恰好被姥姥撞见，黄鼠狼慌不择路，情急之下，弃鸡而走，让姥姥凭空捡了一个便宜。

莫知其属。

反正，天一放亮，起夜的孩子就都闻到了鸡肉的香味，包括我，也包括被我推醒的妹妹。每一个孩子都被食物的香味激醒，有的甚至尿意全无。他们一边吞咽着口水，一边问："做的什么呀？"

姥姥很有耐心地一遍遍回答："小鸡炖土豆。"

那只是一眨眼的工夫，一炕的孩子都爬起来了，没有模糊，只有清醒；没有残梦，只有现实——不年不节，我们能吃上一顿鸡肉？！

那是一个又麻利又勤快的早晨，叠被的叠被，扫地的扫地，放桌子的放桌子，拿碗筷的拿碗筷。不用吩咐，没有命令，"小鸡炖土豆"像一个高级的指挥官，把我们的灵魂都统帅了。

终于开饭了。

一盆金黄的大饼子先被炝出来了，饭桌上是熟悉的玉米的甜香，可随之而来的鸡肉的浓香很快就以强有力的势头压了上来，让我们的口水喷涌而出。整整一盆酱红色的鸡肉炖土豆上桌了，我们的筷子不约而同地伸了出去。

土豆。

鸡骨头。

土豆。

鸡骨头。

没有鸡肉！

姥姥故作纳闷地用筷子在盆子里翻动，半晌，恍然大悟，说："炖的时间太长，鸡肉都让土豆给吃了。"看我们有些愣怔，忙说，"鸡肉都在土豆里，再不快吃，鸡肉就都化了。"

那一瞬间，我们都明白了，吃土豆就等于吃鸡肉。

吃了鸡肉的土豆比鸡肉还香！

连续多少天，我们都沉浸在对这场盛宴的回味和谈论之中。土豆在我们的肚子里，就是鸡肉在我们的肚子里，至于土豆如何把鸡肉给吃了，我们只能感知它太神秘，却不能获知谜底。

直到姥姥去世那年，得知我在学习写作，她才拉着我的手，告诉我事情的来龙去脉——原来，那一年，姥姥回娘家帮工，舅姥爷请饭，杀了一只鸡，收拾碗筷的时候，姥姥把桌子上的鸡骨头悄悄地用头巾包好带回来，重新洗净后为我们烹制了一顿难忘的早餐；只能是早餐，因为这顿饭，除了在夜里准备"食材"，其他的时间，都无法做到掩人耳目。

我明白，这是贫穷下维护尊严的智慧。

自话自说

情况往往如此。

大舅每次来我家，母亲都要炒上四个菜，然后，烫上一瓶酒，供大舅享用。这一瓶酒基本一天就可以喝完；第二天，如果他继续往下住，仍需准备一瓶。第三天，大舅就会不好意思了，他执意回去，并顺理成章地从母亲或父亲手里接过十块钱。

大舅坐火车从来不买票。往返我所居住的城市及家乡的那趟火车上的工作人员都认识他，都拿他没办法，大舅会用他农民的狡黠讲述一套"工农兵"是一家的"理论"，把贫穷落后的自己完全推给有觉悟的工人阶级，博得"工人老大哥"的同情和理解，从而达到他不买票白坐车并能顺利出站的目的。

大舅年少的时候是憨实而忠厚的，应该是岁月改变了他。

母亲说："如果你舅妈不疯，也许会好一些。"

舅妈？

我对这个因父母之命媒妁之言而嫁给大舅的女人已经没有什么印象，只记得她脸色惨白，乱发披身，骨瘦如柴，咒骂不断；她什么时候疯的我不知道，她死的时候我还不到五岁；我能记得的是，她被装殓入棺时表姐们的哭喊，以及棺材在初春的阳光下所散发出来的血腥般的暗红。

母亲说："他们谈不上什么婚姻。"

134

母亲说："你大舅妈嫁过来不久就疯了。"

母亲说："她死的时候似乎还不到四十岁。"

但是，她给大舅生了八个孩子。

我可以想见大舅和大舅妈的那些毫无快乐可言的夜晚，大舅妈无外乎大舅的泄欲工具。如果她是"工具"，那么大舅的内心又是怎么地无奈和痛苦。没有交流，没有互动，空有皮囊，没有实质，有的只是事后的懊悔和谩骂，以及不可遏制的周而复始。

然后，大舅妈生了一个孩子。

然后，大舅妈又生了一个孩子。

……

她的第八个孩子刚刚学会走路时，她用死亡的方式结束了大舅的厄运。

从此，大舅的全部心血都转移到一件事上——为儿女操持嫁娶。

他是那么地独断专行。从大表哥到小表妹，有近二十年的光阴，他像一个独裁者一样决定着他们的命运，娶谁，嫁谁，均是他做主，不容置疑，不容反对。历经时间的考验，他亲手安排的八桩婚姻几乎都是惨淡经营，举步维艰；或有先盛后衰者，令人哭笑莫评。

大舅的晚年是和小表哥在一起过的。据我所知，当年小表哥是有心仪之人的，大舅似乎也有揣度，但他还是让小表哥和一个"七窍生烟"的女子结了婚，婚后没几年，小表哥疯了，像他的母亲一样。天生内向，心有郁结，疯了，是自然的事情。

在小表哥的家里，年老的大舅成了主要劳动力之一。

这几乎就是大舅的一生。

不是几乎！

就是他的一生。

"妈了巴子的！"

大舅不喝酒不骂人，如果喝多了，每次都要骂上几十遍！

与周边的人一律无话，只这一句"自话自说"！

吉他琴的呜咽

十五年前，我老舅坐在家里的阳台上吸烟——阳台很小，种了许多的花，花丛中有一个小板凳，是老舅的"宝座"。他一边吸烟，一边欣赏着身侧的这些葱葱郁郁，心底充满惬意。他是一个在儿女面前从来不笑的父亲，但对待花草，对待兄弟姊妹，对待别人，却截然不同。他是一个受过高等教育的人，是一个工程师，其谦逊、平和，在一般的人当中也是极为少见的。

我喜欢看老舅笑，他笑的样子很好看。

十五年前，老舅的微笑在我的生命中戛然而止了——他去给一盆花喷水，突然身子一栽，从四楼跌落下去，送往医院抢救无效，当天晚上就死了。

他的灵棚搭在楼下，子侄辈为他守灵；我是外甥，不戴重孝，只是守在遗像边，一遍一遍地涕泪横流。

老舅是个倔强的人，他认定的事情谁也难以更改。

老舅离家早，在外读书，在外工作，他和老舅妈结婚后，一直随着工作走，先在营城，后往吉林，育有两儿一女，生活比较稳定。

在大舅的概念里，他和老舅还没分家呢，不分家，就一定会有纷乱，这辈不乱，下辈也得乱，所以，他总追着老舅写一个"手续"。老舅说，写啥手续，你跟爹妈过，我啥也不要。老舅的意思是，兄弟间写这样的"手续"太丢人，让别人看笑话。

这个"手续"成了他们哥俩争论的焦点。

每次老舅回乡，或者大舅去吉林串门，哥俩酒桌上的和谐最终都会被这个"焦点"打破，各执一词，喋喋不休。虽然老舅"说一套做一套"，每有什么好东西——细粮、木柴、煤——都会想方设法送回老家去，但是，大舅的心结至死难以解开。

我母亲曾经劝过老舅："给哥一个手续吧。"

老舅头都不抬地说："我想都没想过的事情，出什么手续。"

"你出了，你哥就不闹了。"

"闹不闹由他，出不出由我。丢人的事！"

母亲没有办法说和他们。

我上学的时候，经常往吉林跑，一是那里朋友多，二是和小表妹感情好，见到老舅的机会就多。有一次，我回长春没有钱了，就冒冒失失地跑到老舅单位要钱，老舅正在办公，知道缘由，二话没说，从上衣口袋里掏出二十块钱塞到我手里——车票只需几块钱，用不了这么多的，都不容我拒绝，就一边嘱咐着，一边把我送到楼下。

从这件事起，直到我正式工作，只要我到吉林，只要看见老舅，临别的时候，老舅都会塞给我二十块钱；后来又"涨"到三十块，我说不需要了，老舅却总是一贯的用语："拿着吧，拿着吧。"

话音落了，人已转身，手在身后摆着，头发越来越泛出斑白。

老舅是一个孝子，年节回乡看望父母是必然的，从来不会落下；平日里，如若出差路过故乡，他一定会就近下车，尽管是步行，也是要回家的，坐在炕头和父母唠嗑，看着父母吃他带回来的点心。

母亲说："其实，你大舅也是一个孝子。他们哥俩儿为手续的事闹得不可开交，可是当着你姥姥和姥爷的面，从来不提及一个字。"

说白了，大舅和老舅的心性不同，但感情还是深厚的，不然的话，怎么会常年走动，一年见六七次面总是有的，如果生分了，断不会如此。

老舅死了，没埋回故乡的祖坟里。

我想，他是意外死亡，如果有预料，他会做怎样的决定呢？

二　姐

从医院走的时候，我伸出手，在二姐的头上轻轻地抚了一下，说："今后自己注意照顾自己。"

那一刻，我的内心很悲凉，也很悲哀。

二姐哭了，她的手一直在撕扯着一个原来用于装什么东西的塑料口袋，撕成一条一条的，像小小的灵幡。

二姐夫不行了，也许就在今天，也许就在一会儿。

我已经快四十岁了，在我的印象中，从未见到二姐哭过。她是我舅舅的孩子，因为人偏执而愚钝，出嫁很晚，她出阁那天，我正在市里读书，所以并未亲见，但听说婚礼仓促而简单，送亲的人也是早早就去了，又早早地就回来了。

二姐仔细，仔细到吝啬的程度。

为了节省两三块钱的车费，她能走几十里的路，步行去县城，然后再步行回来。从不肯借一分钱给亲戚花，包括她的父亲我的舅舅。舅舅早年丧妻，一个人拉扯八个孩子十分不易，到晚年了，他喜欢在农闲的时候，去各个儿女家走一走，一是改善一下伙食，二是可以要几个零用钱。他这样的想法有点农人的狡黠，但在每一个女儿那里都可以"梦想成真"，唯有在二姐那里不行。舅舅去二姐家，二姐能给他做清水熬白菜，做土豆拌大酱，绝不会放一点油星。至于零用钱，那更是难以企及的事了。舅舅气得直骂，每次走的时候都发誓永不登门，可老人对儿女的惦念往往让他的誓言化为乌有。

二姐的这些事我们都当笑话听，好像发生在她身上是很合理的。

二姐口省肚攒，存了十几万块钱，这在农村来讲是很不容易的。她把这些钱放出，收取高利息。所谓放钱，就是过去的高利贷，这是她喜爱的用钱生钱的方式。

二姐爱钱，爱到无与伦比的程度。

二姐和二姐夫婚后生有两个儿子，两个儿子都听话可爱。尤其是大儿子，爱学习，知道节俭，还很孝顺。有时，对母亲的不近人情感到无奈甚至气愤，但他不过是一个孩子，左右不了母亲的行为。姥爷来了，他常常把自己的零用钱给姥爷，有时为了给姥爷攒点零用钱，还一个人利用暑假去卖雪糕。

这个孩子多好啊。

可惜，死了。

孩子着了凉，感冒发烧，这本不是一个会死人的病，可是他却死了。死因很简单。开始的时候，二姐舍不得花钱，不给孩子治，等小病拖成大病，不得不治了，又不肯用好一点的药。她找乡村的庸医来给孩子打吊针，打到一半，孩子说心难受，说着的时候，身上泛青，可是，二姐死死地按住孩子，坚持让他把药打完。她有她的理由，药是花钱买来的，没打完钱就白花了。结果，等大夫拔针的时候，孩子已经不行了。

孩子死了，我以为二姐会改变她的"金鱼观"，但是，没有，她反而变本加厉了。

二姐夫病了，是脑血栓，病情轻微的时候，她不主张每年两次去打溶栓针，等病情发展了，需要住院了，她还是主张尽量找小一点的医院看，二姐夫的病在几年之内，就连连升级。

今年的春天，我一直在外地出差，在给家里的电话中得知，二姐夫终于来省城看病了，只是，这个时候，他治疗的价值和治愈的希望几乎是零了。二姐夫临走的头一天晚上，二姐回家里取东西，在医院看护二姐夫的人给她打电话，告诉她二姐夫不行了，让她赶快回来。二姐却因为没有长途汽车，硬挺到第二天早晨。其实，现在的乡下，出租车也是很多的。

二姐赶回医院时，二姐夫已经进入高度昏迷，不省人事了。二姐怕二姐夫死在医院里，就想放弃治疗，把他抬回老家去。医院有120急救车，她不肯用，而是给老家打电话，要了一辆便宜一点的车，一群人等在医院里，眼看着二姐夫一口一口地捯气儿。

就是这样。

二姐夫走了，没留下任何一句话。

二姐的婆家来了许多人，他们吵吵嚷嚷的，乱哄哄，像一群没头的苍蝇。

我离开医院，一个人走进阳光地里，我一直在想一件事，就是二姐送我出来的时候，尽管在哭，但还是一个劲地问我，她婆家的人把二姐夫的身份证拿走了，会不会去银行改她口袋里存折的密码，会不会去银行挂失，会不会把那些钱取出来。

我不知道该怎么回答她。

爷爷的传奇

在我自己的概念里，无论是我父亲的家族，还是我母亲的家族，都不存在所谓的传奇。地域如此，一马平川，无山无水，就算遇见一个鬼，三里开外就能瞅个一清二楚，现跑都来得及，哪会有什么传奇呢？

可母亲说："我给你讲一个吧。"

她讲了，我听了，还真算得上一个传奇。

在我本家的爷爷辈里，排行第一的大爷和我爷爷一样，好赌，每赌必输，每输必喝，每喝必醉，每醉必哭。就是这么一个主儿，太窝囊，没志气。而比他小八岁的八爷就不一样了，八爷是位安静的菩萨，仁善心好，爱学没话。八爷从小上私塾，后来上"国高"，毕业回乡教书，在故乡的十里八村，是一等一的文化人。

八爷，老人喜欢，小孩喜欢，到最后，就连以假豪横出名的大爷也服他。

一辈子，大爷就服八爷。

一个人服一个人，也就那么回事儿。

就说小时候的一桩。大爷出去赌，太奶奶就哭，八爷看不下去，一个人去邵家粉坊找他。一屋子人，有放局的，有聚赌的，乌烟瘴气，人鬼不辨。

八爷站在门口喊："哥。"

大爷没好气儿地应："干啥？"

"跟我回家。"

"不回，啥时赢了，啥时回。"

"说话算数？"

"算数。"

八爷抬腿进屋，站在牌局边上看，看了一个多时辰，推了大爷一把，说："我替你，输了，今后咱一起耍，要是赢了，咱说话算数，回家。"

一个娃娃，管他哥！而且信心满满！赌徒的好奇心、好胜欲都被调动起来了。一帮子人起哄，纷纷乱嚷："你要是把我们赢了，我们全他妈戒赌！"

八爷说："你们戒不戒我不管，我要是赢了，你们今后不带我哥玩就行。"

这哪儿有不答应的道理。

一把全押，一局定输赢，算得上一场豪赌。

大爷被这阵势吓蒙了——假豪横嘛，到真章儿的时候上不去了。

八爷虽小，一张小脸霎时间沉金坠玉，一双手如挠似钩，双目如电，气贯长虹。

八爷赢了！

大爷第一个反应过来，抓起褡裢就往里收钱，八爷却制止了他："只收你个人的本钱，"又转对众人，"其他的各位叔叔大爷收好，算我买你们一个诚信，今后这局没我哥的份儿！"

沙梅的夜航

走人！走得一路亮堂。

一局名动江湖的事儿就不讲了，接着说的是大爷，赌是戒了，无所事事的脾性一点没改，一天到晚抓耳挠腮，浑身上下都是不自在肉儿。他不出去赌，太奶奶就已经求佛遂愿了，哪管他干不干活，做不做事，可八爷不行，在他看来，大爷得有营生，不然将来世道变迁，何以持家？

"你看我能干个啥？"大爷问他。

八爷看着他，说："你喜欢打牌，手腕子有劲儿，肩膀子松，学剃头吧。"

大爷说死也没想到，八爷在这里给他留着一个扣儿。

于是，大爷就学了剃头，没拜师没学艺，就拿八爷的脑袋练——也不是一点章程没有，让大爷给自己剃头之前，八爷先去城里最好的剃头铺子享受了一回，一套活下来，把刚有绒毛的小脸也刮了个青黑。八爷是靶子，也算半个老师，那点心得，那点体会，两年的工夫，全传给大爷了。

后来，大爷携家带口进城当了国有理发店的大工匠，毛巾热水，刀子耳勺，举手投足，高低上下，没人不称奇的，问及师承何人，竟是剃头行里名不见经传的人物。

大爷进了城，八爷却一直留在乡下。大爷进城前，八爷送了他一把德国的剃刀，八爷开玩笑地说："你得半个月回来一次，不是我这头让你剃服了，而是你那把新刀，还得在我这颗脑袋上开出来。"

这就成了一生的默契。

几十年的光景说过去就过去了。大爷老了，特意嘱咐儿子把剃刀送回八爷那里做念想，八爷比大爷多活了十几年，却不再剃头了，披肩银发束在脑后，好像在等比着岁月，把那些说不完的故事，再讲个通透。

怎么讲呢？

八爷死时也没让家人剃头，他只交代一句："别忘了把刀子给我带上，我得让我哥好好给我剃个头。"

沙梅
的
夜航

剪　纸

二姑奶算家乡的一个传奇人物吧？

她现居内蒙古，已经三十几年没有回老家了。我见过她一面，银盆大脸，双眉入鬓，一看小的时候就是一个美人坯子，怎么出落也不会走样。

和所有农村姑娘不同的是，二姑奶有一双非常纤细小巧的手，绝不像其他的女孩，手指粗短，肤黑皮糙，毫无美感。

二姑奶三岁学剪窗花，是同龄姑娘中少有的巧人。

我老家那个村每逢过年，都要请二姑奶剪许多许多的窗花，各家各户自买红纸，一沓沓铺在二姑奶的炕上。不少孩子趴在二姑奶家的窗台上，看二姑奶持剪刀的手上下翻飞，从她指间飞落的纸屑，像冬天飘落的雪花，给残阳照了，红白相间，十分美丽。

二姑奶人美手巧，心更好，她从小有一个青梅竹马的伙伴，叫彪子，人长得十分壮实，可惜十九岁那年往县里送粮的路上，翻车压断了腿，从此成为一个跛子。

二姑奶还能嫁给他吗？

人们都说，虽然看上去两个人是那么回事了，两家的长辈也没什么异议，但毕竟没有定亲。所有的人都这么认为。二姑奶完全有理由另择良婿，给自己安排一个更加美好的生活。

但二姑奶没有。

她告诉彪子，让他好好养伤，伤好后，又帮他树立重新生活的勇气。她拿出自己的积蓄，让彪子拜师父学木匠，将来找机会出去做工，一样可以过上让人羡慕的日子。

　　二姑奶说："过日子不一定非出苦力气。"

　　彪子哭了。

　　二姑奶和二姑爷——也就是彪子的婚礼办得很热闹。二姑奶没向彪子家要一分钱的彩礼，她的举动令周围的姐妹不解，却得到方圆几十里所有村子里的小伙子的暗许。

　　二姑奶和二姑爷的婚后生活很幸福。由于二姑爷在二姑奶的帮助下学会了木匠手艺，经常外出打工，吃穿不是问题。在村里也是，东家盖房子，西家嫁闺女，都要找他去，除了管吃管喝，每次完工后都会得到丰厚的报酬。

　　二姑奶和二姑爷的婚后生活是幸福的。

　　二姑奶不能生育。他们婚后三年，二姑奶的肚子还是空空的，后来请大夫来看了，说是二姑奶得了一种妇科病，已失去生育能力。按说这件事对二姑爷的冲击应该非常大，但二姑爷出人意料地接受了这个现实。

　　二姑奶的生理缺陷弥补了二姑爷的心理失衡。

　　在二姑爷的心里，一直对二姑奶怀有感激之情。可以想象，一个人对另一个人永远沉浸在感激之中，将是怎样一种状况？二姑爷在二姑奶悄然垂泪的时候，欣然地坐在二姑奶身边，轻轻抚摸她的后背，对她说："没孩子怕啥，我又不喜欢热闹。"

　　这体贴人的话多有趣。

　　我们那个村有一个小学，校长是一个民俗学家，很喜欢二姑奶的剪纸，他约二姑奶去学校给孩子们讲课，让二姑奶讲讲怎样剪窗花。二姑奶不好意思地推却了，她一边低头羞涩地笑了，一边说："俺哪会讲课。"

校长说："那就给俺们表演。"

一群孩子跟着起哄。

二姑爷在一旁拍了手说："去，咋不去，别人想去还去不成呢。"

就这样，二姑奶在我们村的小学当了一回女先生。

那天，小学的校长和二姑奶突发奇想，他们把学生们从家里带来的红纸用糨糊粘上，宽宽大大地铺了大半个操场。阳光照下来，把红纸照得透明，鲜艳。

二姑奶收拾停当，手拿剪刀上了场，她打扮得非常精神，人也爽气了十分。有十几个小姑娘帮她抬纸，二姑奶像龙行云，凤鸣天，身子轻快、便捷，抬臂落臂处，人呀，鸟呀，山呀，水呀，随着大片大片的纸屑落地，一件件、一层层地显露出来。这是一幅普天同庆图，二姑奶脸上的笑意如三月的春光。

这也许是世界上最大的一幅剪纸作品。

二姑奶说，这么大一张纸，如果把她心里设计的美丽图形剪出来，怕是十天也不够。可是，天下雨了。大家守在雨里不肯走，可是没办法，雨水可以使万物萌发，也可以把一切毁灭。二姑奶以至全村人的大窗花在雨水的冲刷下成了泡影。但人们都乐于传颂它。

热爱民俗的老校长哭了，他说他为自己参与了这样一个壮举而感动。

双白老人

按说双白老人已经九十高龄了，论辈分我应该称他曾祖叔爷。二十年前，他到我的家里来过一次，是给我的祖父看病。他看我祖父的病情太重，就开了一大盆的药给我祖父吃。祖父吃了他的药，气色红润，也不那么剧烈地咳了，减少了许多痛苦。

双白老人是个中医。

他的老家在德惠，却常住在云南的一个小寨子里。说常住，其实也不过是定居地，他的大半生是在行走中度过的。

他从云南往东北走，三年左右走个来回。从云南到东北，又从东北到云南，往来行医，随吃随住，一日不短，三日不长，有时在病患家一住半年的时候也有，却保着人家的性命，救着人家的病痛。

双白老人吃素，饮食十分清淡，他每日离不开酒，却饮而有度，每晚三盅，不多喝，也不少喝，喝时不用劝，不喝了谁劝也没有用。

他一辈子没结过婚，因而没有儿女，他曾对祖父说，他想收一个徒弟，把自己的一生所学都教给他。但这个徒弟收得十分考究，十分挑剔，十分严格。由于他的一生云游行医，并没有多少时间认真地坐下来考察一个人。一个可以让他接受的姑娘或小伙子。

他曾对我的祖父说："若能从亲戚中选一个聪慧、好学、本分的孩子也未尝不可。"

祖父就向他推荐了我。

我那时八九岁的年纪，淘气得不得了。

双白老人把我叫到祖父床前时，我的整个身心都在航模的最后的工艺制作中。所以，当他问我喜不喜欢像他一样当一个中医时，我脱口而出："不喜欢。"

我不知道双白老人为什么长长地叹了一口气。

说起来祖父的病，已有三年之久，他得的是肺癌，这与他早年拼命赌博过于劳累有关。祖父初病的时候还恐惧死亡，主动调理自己，可当他觉得生命无望的时候，曾固执地回老家独居了一段日子。后来听乡下的堂叔表哥们说，那是一段昏天黑地的日子，祖父每日沉浸在牌局上，胜多败少，直至累吐了血。

双白老人也正是这个时候来到我家的，他面色红润，双目炯然，一把过胸的胡须如雪一样白。圆口布鞋，一身灰色的褂子。尤其是他的牙齿，晶莹剔透，像宝石一样闪闪发光。

他和祖父同吃同住，并用大盆给祖父配了颜色黑绿的中药，内有蝎子、蜈蚣、白花蛇、蟾蜍、蜘蛛等毒物，令人观之难以下咽。双白老人想尽各种方法让祖父服药，每日陪他下棋、散步。

双白老人比祖父大十余岁，是祖父的堂叔，但在我看来，祖父要比双白老人苍老许多，双白老人和他在一起，倒像一个晚辈在服侍长辈。

我记得祖父每次服药之后都剧痛难忍，双白老人说那是药毒和病毒相厮杀的结果，如果疼痛日减一日，就是说药毒战胜了病毒，祖父的病也会渐渐好起来。

双白老人为我祖父医病，是我直观仅见癌毒可治的病例，看着祖父一天一天爽朗起来的面容，全家人说不出地高兴。

……

夏季雨水暴涨。

在一个暴雨如注的夜晚，双白老人接到一封信，他读信的当时，面色惨白，额头鬓角尽是虚汗，他匆匆地整理行囊，对祖父做了一些简单的交代，就消失在茫茫的雨夜深处。

如来得突然一样，他走得也如此突然。

如果说双白老人不来到我家，如果说他不给我祖父的病带来希望，那么一切都将十分平常而平淡。但他传奇般地离去给我们全家留下了难以体会的痛苦。我们眼看着祖父日益枯萎下去，而我们却束手无策。这是怎样的煎熬很难为外人所知，难以言表。看着祖父瘦小的身躯平躺在棺材里，这形象是我少年时期不能忘怀的忧伤。

我很想念双白老人。

真的。

现在我长大了，我很想对他说："我想学习中医！"

如果他还健在的话。

这是我的心里话！

那个雨夜

如何也忘不了那个夜晚。

像蒋勋在《少年龙峒》中的铺排，淡淡的，没有真正意义上的故事，只有细之不能再细的细节。我后期的微型小说乐于撷取这样的细节，如同撷取人生中一段段不可或缺的温暖。

那个夜晚属于我和祖父。

乡下，雨夜。

我放暑假，工作烦乱的父母无力照顾我和妹妹两个人——母亲可以带妹妹去厂里，放在幼儿园；而我一定要被反锁在家里，才能保证我不在外边"惹祸"。但是，将我一个人锁在家里，父母也不放心，吃饭、如厕是问题，即使这些问题能够解决，不可知的潜在的不安全因素也会让父母心神不宁。

于是，他们商量，送我回老家。

老家我是不陌生的，反而对其颇有好感。毕竟整个幼年的记忆都在那里，表哥表姐以及邻里的玩伴都清晰地保存在脑海里，回味起来，小小的心房也颇有些激动。

祖父和外祖父家只隔了三户人家，皆在村子的道北，房前的大道可通，房后的小道也能抵达。依母亲的意思，是把我放在外祖父家，但舅舅儿女多，舅妈又有病，负担重，父亲不肯，原因极为简单，祖父一个人居住，完全有能力看护我，并且，祖父已步入老年，应该有一份含饴弄孙的天伦之乐。

母亲说："就依你。"

父亲说："就是不知道爹会不会习惯，"叹了口气，又说，"毕竟一个人生活了那么多年。"

祖父中年丧妻，膝下除了父亲，还有两个姑姑，都在外地，平日里对他照顾不多。他曾找了一个"搭伙"过日子的妇人，妇人心不善，对付了几年之后，那妇人又"走道"了。我相信祖父与她没有感情，不但没有感情，反而日久生厌，不然绝不会把她驱赶出门。

祖父爱好不多，人洁净，好赌牌，喜欢做小买卖，也能做几个好菜。酒一般是不喝的，但如果赌牌赢了，想必是要搁上一口吧？他爱用小铝盆蒸饭，附带蒸鸡蛋酱，我回乡下住的那个暑假，祖父经常做这样的饭菜给我吃。

早晨吃完饭，他便把桌子收拾好，嘱咐我写作业，然后，人就出了门，大晌午才回来。在我的印象中他很少参加生产队的集体劳动，到年终的时候，却总能弄好些米面来。

他有一个小面口袋，不大，放在下屋的柜子上。

现在回忆起来，那个小面口袋的容积多不过五斤，少不过三斤，里边存放着父亲及姑姑们给他捎的大米。

有时，祖父也煮大米粥给我喝。

他煮粥的时候，我一般都会在米香中脱离睡梦的纠缠。

祖父话不多，在家的时候，除了侍弄园子，就是坐在门槛上抽烟。他不饲养任何活物，所以，整个村子里，他的院子是最干净的。没有苍蝇，没有异味，更无杂七杂八的圈舍，就连茅厕都铺着干净的木板，并及时清洗，不使蛆虫滋生。

祖父就是这么一个人。

他爱不爱我呢？

多少年了，这个问题一直困扰着我。

也是多少年后，我真切地知道，祖父是爱我的——因为我至今也忘不了那个雨夜，以及那个雨夜里发生的那些并不重大的细节。

半夜里，突然下起了雨，不大不小，如同蚂蚁爬乱了脚。

许是着了凉，我的肚子一阵一阵地绞疼。

听到我的呻吟，祖父翻身坐起，迅速地点亮油灯，用温热的大手摩挲我的小腹，轻声问我："是不是肚子疼了？"

"嗯。"我点头。

"出去不？"他又问，一边披上外衣。

我顺从地钻出被窝，随他一起来到院子里。我向厕所的方向走，祖父拉住我，指了指篱笆墙的边上，示意我就在那里解决。

我知道祖父是看不得污秽的人，执意不肯。

但是，祖父已经扯下外衣，整个蒙在我的头上和背上。

我的确着凉了，并出现了腹泻。

祖父一直站在那里，像一尊固定的保护神。

我便空了，肚腹舒服了许多。

祖父把两张柔软的他吸烟用的纸递到我手里，让我当手纸擦屁股用，我当时没多想，只觉得这样的纸比那种粗糙的黄纸更妥帖，更柔和，更安全，至于祖父是如何把它们摸在手里，又如何递给我的，我又是如何受用的，皆被一种轻松的快感淹没了。

试想一下，二十世纪七十年代，手纸在城里都是奢侈品，更何况"愚钝"的、贫困的乡下呢？

　　那个雨夜，是几十年生活中多个雨夜中的一个，但我至今无法忘记。

戒　赌

说起爷爷好赌，至今回故乡也常有人提及。好赌的人对待生活是怎样的一个态度呢？恐怕没有此癖的人是无法完全理解和体会的。

据说爷爷当年，赌博赌得也有豪气，赢的时候用钱褡裢前后装钱，用马车往回拉粮食；输的时候亦是如此，输赢都没个表情，只是吆喝着伙计们动作麻利点，快点搬搬扛扛。

我父亲年轻的时候在北京工作，他和母亲一直是两地分居。我记事那会儿，我和母亲还有妹妹住在爷爷那栋平房里，所感觉的家庭气氛有点压抑。

母亲对爷爷是孝顺的，但是，爷爷对待母亲，却总是冷脸相向。

多年后，我从母亲那里得知了一个重要的原因。

政府是严令禁赌的，但是爷爷是有赌必上的。那时，在农村都有黑赌窝，即所谓的“放局”。“放局”的人家供场地，供吃喝，然后从中“抽红”。

母亲在大队教书，因为此事常被书记叫去谈话。书记是爷爷的一个晚辈，每每爷爷犯赌，他都非常为难，抓也不是，放也不是，打也不是，罚也不是。爷爷大概抓住了他的这个弱点，所以，总是“得寸进尺”。

——当然，"得寸进尺"的话不应该由我口中说出，实在有些大不敬。

大队书记说："嫂子，你得劝劝二叔。你有文化，他没文化，你要求进步，他却落后，拖你后腿，你让人家怎么说，怎么看呀？"

母亲的脸上挂不住。

挂不住，母亲就拐弯抹角地和爷爷说，爷爷不哼不哈。

被书记批评的次数多了，同事也对她指指点点，母亲有一个好赌博的公公，这类的讥言讽语像一个秤砣，压着母亲的心。

有一天晚饭后，收拾好碗筷，母亲站到了爷爷的面前，谁知还没开口，爷爷便一磕烟袋，穿鞋下地，摔门就走。

留了一句话："我愿意赌，谁也管不着，有本事，抓我进笆篱子去。"

这话没法劝了。

母亲便给父亲写信，让父亲劝劝爷爷。父亲是个孝子，平时在爷爷面前大气儿都不敢出，哪敢劝爷爷呀。无奈他也深爱着母亲，就写了一封信寄了回来。信写得很长，千般好万般愿地说了一堆废话，最后，才提了赌博的事儿。

爷爷当时脸色就变了。

一句话，分家！

爷爷平时不骂人，可那次骂人了。"妈了个巴子的，这日子没法过了，分家！"

说分就分，刻不容缓。

就在这当口，天空忽降大雨，两三天不停，农民下不了地，学校也停课了。爷爷却得了"放局"那家人的口信，让他去耍钱。爷爷二话没说，冒雨就走了。

是第三天的傍晚，本来就被阴云抹黑了的天更黑了。我小叔一头撞进来，没头没脑地说："二嫂，快给我二大爷找套衣服，有人看见他在村头谷子地蹲着，说是连裤子都输了。"

小叔拿了裤褂就走，走到门口被母亲叫住了。小叔只比我大两岁，说什么也还是个孩子。母亲不放心，便一手扯着我，一手扯着小叔，一头扎到雨地里。

风雨中，母亲像担了一条扁担，摇摇晃晃的。

好不容易到了谷子地，三个人放声地大喊，隐约听到答应，也恍惚见了半个身影——只是，那一声应答戛然而止，身影也瞬间就不见了。

我和小叔把裤褂放在地头，又扯着母亲，扁担一样地回来。

回来后，我和母亲带着妹妹就暂时回舅舅家住了。

属于我们的东西，是等天大放晴后，由舅舅家的哥哥姐姐们搬来的。

这以后，和爷爷朝夕相处的日子没有了，但我知道，从那时起，爷爷戒赌了。

多少年过去了，掐指一算，爷爷过世也有四十余年了，他晚年的大部分时光是在我们家度过的，尤其是患了肺癌之后。有一件事我一直也弄不明白，他临终前为什么一定要回故乡独居几天。母亲准备了大米和挂面，托来探亲的表哥给捎回去。爷爷终归还是破戒又赌了一次，和那些他熟悉的或者不熟悉的人。

爷爷说："我得把我的裤子赢回来。"

他赢回来了吗?

母亲说:"不管咋说,你爷爷还是一个好脸的人。"

沙梅
的
夜航

父亲的爱情

很长的一段时间里，总感觉父亲年轻的时候应该有绯闻。至少母亲和他吵架的时候说过，他在北京工作期间，吃一个苹果还给他的女同事留了半个。这绯闻没有扩散，不代表父亲没有绯闻，不然，这种空穴来风的事情，怎么会落到他的头上？

纵观父母的恋爱史，父亲所充当的角色是大胆的、主动的、直接的。在二十世纪五六十年代，他的此类表现在常人眼里算得上"轻佻"。

前两年，母亲为我写了一本她的"自传"，在那里边，父亲的行径可见一斑。

"有一天，来了一个身高不到一米六五，皮肤黝黑的年轻人，到我们家瓜地来吃瓜。我和堂妹很客气，到地里给他摘了几个瓜，把刀递给他，请他自己削皮。他就是我二哥从小一起玩到大的伙伴，也是那年高中毕业考上北京一所重点大学，平时我们叫他哥的人。他吃了瓜以后，严肃地叫着我的名字，对我开门见山地讲，说他要和我订婚……"

这是父亲追求母亲的开始。

母亲比父亲小五岁，对于父亲的追求当然十分惊诧，当场拒绝了他，并把他撵走了。可是，父亲很早就有了这样的想法，并且和我的老舅（母亲的二哥）提过，他怎么会就此善罢甘休呢？就在吃完瓜回去的路上，他遇到了我的姥爷，竟大着胆子说："我和你老姑娘订婚了。"大有生米煮成熟饭之势。

他得到的，又是一场臭骂。

他不在乎。

他这次回来是过暑假，临回学校前，又给母亲写了一封信。他在信中告诉母亲，他爱她是真的，只要她肯等着他，等他一毕业，就把母亲接到大城市里去。

父亲的信是托他的本家婶子送的，母亲羞愧难当，当即便把她推出了院子。婶子被推走了，但是父亲的信却总是如期而至，只要邮递员的自行车铃在村道上一响，人们便一次又一次提醒：小玲子是一个有婆家的人了。

小玲子就是我的母亲。

父亲前所未有地以他固执的方式破坏了一个大姑娘的"名声"。

也许是如此新鲜的事让方圆几十里地的人家有了尴尬和畏惧？抑或是父亲的真挚告白最后打动了母亲的芳心？总之是这样，及至母亲到了谈婚论嫁的年纪，也没有谁家上门提亲，决意娶母亲做媳妇，只有父亲像灶台的风箱一样，没完没了地呼呼啦啦地吹个不停。

母亲嫁给了父亲。

在父亲制造给母亲的爱情里，母亲似乎有着无数的委屈，其中最严重的一件便是母亲顺利地考取了我们本地的一所邮电中专，但是父亲用他那恢宏的梦想打破了母亲的决定。母亲要去读书，父亲坚决不同意，在他的概念里，他是要把母亲的户口落在北京的，并且，他已经把母亲安排到一家医院里去当护士，这一切言之凿凿，令母亲不得不信，所以，母亲放弃了去学校报到，一片痴心地在故乡的村小里等待父亲的诺言终有一天变为现实。

八年，她苦苦等了八年，我已经五岁，妹妹也两岁了，父亲的蓝图一直悬挂在半空之中，无法变成现实。

至于那半个苹果的故事更是让母亲耿耿于怀，每次他们吵架，母亲首要的一件事情便是把那个女人拉出来，为父亲的负心做强有力的佐证。那半个苹果虽然早已氧化发红，但是，只要母亲提起它，它都会像长了翅膀一样从岁月的尘埃里飞出来，在我们的眼前窜来窜去。

可想而知，一个单身的男子，与妻子长期过着两地分居的生活，对自己的女同事有了非分之想，进而有了非分之举，这在惯常的人性的思维里，是完全站得住脚并令人笃信的。不知为什么，自从我懂事，自从我听了母亲的抱怨，我毫不怀疑母亲的指认，那罪恶的半个苹果一定是存在的，它是父亲身上的一个污点。

母亲谈及那半个苹果，父亲只是苦笑，不作任何的争辩。

母亲说到邮电中专的事，父亲也是摇头、苦笑，不作任何的解释。

现在想来，父亲的一生都是行动多于语言。

多做少说倒真是他的一个性格特点。

但是，母亲说："你这就是默认！"

多年来，母亲的责怪早已变成铁的事实，"铁"到我们在母亲"盛怒"的时候，都不得不站出来替父亲解围。我们站在父亲的立场上开解母亲，希望母亲可以原谅父亲犯下的这些小小的错误。

父亲真的有错吗？

在我和我的二叔的一次深谈之前，我一直这样认为。二叔是父亲的姑姑的儿子，他们从小就十分要好。因为要创作《乡村志》，我正逐一采访我故乡的那些老辈的人物，希望从他们身上挖掘出更多的有意义的事件。

二叔是我预约的被采访者之一。

提到父亲，二叔说："你爸爸的一生是为你妈妈牺牲的，这一点，我最清楚不过，你爸爸在老北航读书时二年级便被学校任命为辅导员了。那是准备留校的。想想啊，现在的航空航天大学，如果留校，那是什么成色？可是，你爸爸没干，他去了中国力学研究所，他认为钱学森有能力把你妈妈调到北京去。可是没有。他又去了中国大百科出版社，他认为高士其有能力把你妈妈调到北京去。可是也没有。他能怎么办？只能放弃在北京的发展，选择回来，选择和你妈妈在一起……"

这是父亲从未说过的。

二叔说："什么半个苹果？那是女同事给他的，他不要，给人送回到办公桌上，恰好被你妈妈看到了……"

"那，他为什么不解释呢？"

二叔看了我半天，说："你妈妈能信吗？"

二叔的叙述很平淡，但我深感震惊。

菩 提

有很多事情就是这样，不想算了，想一想会心酸。而天下能引起人心酸的，莫过一个情字，亲情，爱情，友情，种种情愫纠缠在一起，织补着每一种踉跄的人生。

这个妹妹生前像个瓷娃娃，死的时候亦无所谓脱相之变化，她家和妹夫家住得不远，结婚前却不认识；莫说结婚前，就是读书的时候也未见过面，小学、中学，都在一个学校，却一次也未见过。这在我们东北乡下，也是罕见的一种事情。

但他们还是有缘分的。

他们各自上了大学，最终分配到同一个城市工作，经人介绍相识，很快结婚，很快生子，很快一个——妹夫——去了日本，在那里打工，另一个在家里带孩子，等孩子上了幼儿园，便也去了日本，把孩子暂托在爷爷奶奶那里。

这就是个过程。

想说的是妹妹死后的一些事，这些事让我此时下笔，眼中也含着泪水，禁不住频频揩拭。

按照妹夫家的规矩，妻子先于丈夫早亡，是不能提前入祖坟的，必暂时另行安置，等并骨之日，才能双双埋入自家的坟地。

妹夫征求父亲的意见。

父亲说："哪有那么多规矩！很多规矩都改了，咱的规矩也能改，你想埋就埋吧，埋在老坟，我们也好照料。"

父亲的话，让妹夫一下子安心。

他又说："我得种树。"

"种树？"这话父亲没有听说过。

"对！种树，大娟和我说过，有一天，我们死了，得躺在有树的地方。我答应她了。"

我这个妹妹叫大娟！

父亲听了再没有犹疑，只一句话："种！"

妹妹死的时候是冬天，调动钩机打墓的同时，就把一百个树坑也挖了。

转瞬是春，妹夫特意请假从日本回来，带着儿子给大娟种了一百棵树。

种树回来，我们在一起吃饭，聊家常的时候，我小心地探问妹夫坚持种树的原因，妹夫沉默了一会儿，说："是大娟喜欢！她上学的时候，学的就是林业，可惜没用上。如果当年不是我一味地要去日本，大娟没准是个好的林业工程师呢。"停了一下，又说，"我欠她的。"

当时，我的心头便一震。

我不知道他们夫妻当时许下过什么样的诺言，但是，妹妹死后，妹夫尚能践诺，可见妹夫是一个有情有义的人。

第二年开春，妹夫回来圆坟，又种了一百棵树。

今年是第三年了。

刚过完年，妹夫就回来了。今年回来得早，是因为要和屯邻协商串地。何谓串地？在坟地周边种树，如果想种出个匀称的规

沙梅
的
夜航

模，势必要占屯邻的地了。在自己的地里如何种都可以，可是，涉及屯邻，就得商量，用自家的地和人家串。按说不好商量，可是妹夫家的地是岗地，农村里的好地；屯邻家的地是洼地，好涝，所以，事情商量得很顺利。

串完地，妹夫和儿子一起种树，谁也不让插手，就两个人，一棵一棵地种，一种就是两整天。

妹夫要走了，母亲做了一桌他爱吃的菜，一家人围坐下来，施酒布菜。除了妹妹的儿子，谁都话少，好像话一出，就会打破这宁和的气氛。

终于，母亲有点沉不住气了，问："明年还回来不？"

"回来啊。"妹夫抬头笑了笑。

"还种树吧？"母亲问。

"种！"

有这话，母亲安心了似的，长出了一口气，脸上终于有了一丝笑意。

母亲说："咱明年还商量着串地。"

"串。"妹夫说。

父亲愠怒地咳了一声。

咳声不大，除了母亲噤了声，妹夫并未当回事，吃了饭，收拾行囊，往火车站赶。

妹夫走了，母亲像做错了什么事似的，顺着眉看父亲。

父亲说："咋？串地心疼了。"

母亲落了泪，说："我心疼？我是害怕他不让串呢。"

父亲走过去，拉着母亲的手，说："放心吧，我把明年的地已经串完了。"

母亲又得了安慰似的，破涕为笑，笑了又哭，说："我知道你怕我说错话，怕儿子多心。我盼着他串呢，串了地，他就能回来种树，咱年年串，他就年年都能回来。"

这话怎么说呢?

年年串，年年都能回来，一片树，一片心，哪颗心又不是菩提?!

走北荒

我有一个舅舅，是母亲的表弟，在他们那一辈里，他可能是兄弟姐妹中最小的一个。按理说，最小的孩子理应得到家里的照顾，可是，他年纪轻轻的，却走了北荒。

所谓的走北荒，就是从我们家乡那样一个末等小站坐上火车，往北，再往北。到了哈尔滨，再往北，具体北到什么地方，我就说不清。我那时很小，只觉得母亲他们那几天总是慌慌的，好像发生了什么大事情，直到这个舅舅走，大家都往村口送，我才明白，一个人的远行，对他的亲人来说，是多么伤感的事情。

我们那个村子有四十余户人家，三百多口人，解放以来，走北荒的却不超过三个。

而我的这个舅舅就是一个。

什么是走北荒？

到北荒去干什么？

这在我幼小的心灵中埋下了一枚神秘的种子。

我的这个舅舅刚走的时候，还有口信传来，时间久了，口信传得越来越少，到后来的几年里，竟连口信也没了。有人说他下了煤窑，有人说他进了老林，也有人说他在甸子里开荒，也有人说他在乌苏里江放排。说法不一，但每一种说法都引起我无限的遐想，他所处的是一个什么样的世界呢？那些世界无论如何说，都不为我所知，都让懵懂的我为之神往——北荒的世界真大呀！

七八年的光景，我的这个舅舅回来了！

人有三十几岁了，变得成熟了，也变得有些陌生了。去北荒意味着淘金，可他什么也没淘回来，只带回一个铺盖卷儿——走的时候，铺盖卷儿是新的；回来的时候，已经变旧了，变薄了。

他的话很少，见了人只是笑。

似乎还有些羞涩。

这样一来，背地里说他的人更多了，有一些说法混进了乌七八糟的东西，听起来不能入耳。

我的舅舅在北荒究竟干了什么呢？

又很多年之后，他那七八年的经历才真相大白。

他既没有挖煤，也没有伐木，更没有开荒，至于有人说的放排，更是出于非凡的想象。他只是在齐齐哈尔的一个砖厂里烧砖，一烧就是两千多个日日夜夜，脸膛都给烧红了，人也变得瓷实了。

大概是因为有了火的淬炼，他的嘴也变得更严了。

他烧砖，积攒了两千多块钱，这在那个年代，是相当了不起的一件事。那个年代是什么年代呀？20世纪70年代初，许多人家吃饭还困难呢，哪有能力积攒那么多的钱呀？我的这个舅舅却攒下了！他攒钱只有一个目的，给自己娶一个媳妇。在他的家里有一个哥哥，有一个母亲，母亲是后嫁到这家来的，和父亲生了他，父亲为哥哥张罗了媳妇之后就去世了，而母亲是绝无能力再为他操心婚事的。

哥哥呢？嫂子呢？对他也很好，可是，他们一连生下四个孩子，家里的日子也紧上加紧，恐怕一时也难缓出手来吧！

这就是他执意走北荒的唯一原因。

可是，他积攒的那些钱又为什么没有带回来呢？

说起来就是故事——

他所在的那个砖厂塌窑了，对他最好的班长和两个工友被砸死了。他们的媳妇带着孩子赶来了，砖厂一时布满了哀号之声，其状之惨，让人不忍目睹，他心里受不了，就拿出自己的钱分给了那些妇女和孩子。他的义举感动了一个工友的妻子，或者说工友的妻子在他的身上看到家庭生活的新的希望，工友的妻子便在丈夫烧了周年之后，又带着三个孩子来砖厂找他了。找他的目的只有一个，要嫁给他。工友们见他一直单身，也都劝他，和那个女人一起过吧，女人毕竟还很年轻，虽然有三个孩子，可女人的容貌并不辱没他。

那母子四个也着实可怜！

可是，她、他的工友，他们又如何知道他的心思呢？

他看那母子四个可怜，便把自己余下的钱统统给了她。

但是，他不能娶她！

他是这样想的，可他的举动反而让那女人产生了误会——他一下子给人家一千多块钱，人家能不误会吗？于是，这场婚姻被众人认定为事实，甚至连砖厂的领导也认为他有了真意。他自幼口讷，分辩不清，情急之下，竟辞工回家，身上除了刚刚够回家的盘缠，还会有什么呢？

只是这些话，他万万不能对任何人说。

一个春天的夜晚，我回乡探亲，和我的这个舅舅坐在庭院里喝酒。他有些醉了，突然对我说起此事。这个时候，他已经结婚了，有了自己的房子，自己的孩子，自己的地，孩子们和鸡鸭一起在月夜下静默，只有我们的对话像不经意刮过的温暖的风。

我说："没有了钱，回家不一样单身吗？"

他说："那不一样。我虽然没娶媳妇，可我还是我。我如果和那个人结婚了，我还能是我吗？"

我说："为什么不给自己留一点钱呢？"

"我没了钱可以回家，他们没了钱，连日子都过不了了。"

"就这么简单？"

"就这么简单！"

"为什么不和村里的那些人解释？"

我的这个舅舅看看我，突然笑了，说："你想想，如果我说了，可能真的就娶不上媳妇了。"

那夜，我也有些醉了，可再怎么醉，我又明白了一个道理——

为什么世世代代人们对走南闯北的人都心存敬畏？

他们都是些经历过风雨，见过世面的人啊！

虚 枉

我有一个远房的姨娘，年轻的时候长得很漂亮。大眼睛，瓜子脸，下颌微微有点尖，说话的时候一翘一翘的。她梳两条大辫子——那个时候姑娘的流行发式——油黑油黑的，阳光一映，乌亮乌亮。我小的时候，喜欢玩她的发梢，把发梢再编成小辫子，用麻绳扎上。

姨娘不许我用麻绳。

我问为什么。

姨娘说，咱家又没死人。

那以后，我知道，家里死了老人，女孩是要扎麻的。

姨娘天天早晨三点多就起来了，去甸子上给猪打草。姨娘说，猪吃了带露水的草，长膘；猪长膘了，到年底就能多出油，村邻想买，也觉得合算。夏天的早上，天蒙蒙亮，我在迷迷糊糊的意识中，知道隔院姨娘家的门开了，紧接着，是院门开了，猪哼哼地叫上两声，狗也轻吠，讨好似的在院子里跑两圈，复又安静地趴在窝门口。这一定是姨娘起床了，她要去打草了。她穿了一双旧布鞋，去的时候是干的，等回来的时候，鞋便湿透了。

姨娘初中毕业，在村子里算是有文化的人，如果不是舅舅当队长，她一定能当上村里的妇女主任。之所以不能当，完全是为了避嫌。姨娘是一个很要强的人，公社修国道，她是我们村的"铁姑娘队"的队长，执掌着一面红旗，在风中猎猎作响。

她爱笑，一笑村东村西都能听到。

就这么一个人，后来却疯了。

说她疯了，其实并不可怕。她一不骂人，二不打人，三不满街走。只做一件事，坐在家里的炕上，一双一双地做鞋。她不说话，七年不说一句话。她像一个关闭的盒子，锁锈死了，谁也打不开。

姨娘疯的原因很简单。

她去甸子上打草，遇见了给队里放马的旺生。旺生三十岁了，尚未婚娶。原来，他老娘还活着，可前一年的初冬，老娘也没了。他家在村子的中间，三间小草房，还是他爹留下来的，那房子很矮，苫房的草都已经黑了。他一个人，不怎么起火，多半和生产队的更夫一起吃住，他俩吃炒黄豆，喝酒，晚上比着赛地放屁。

更夫年轻的时候去过关里，见的东西多，经常和旺生讲女人。

他讲南方的娘们儿。

"你吃过豆腐吧？"他问旺生。

"豆腐谁没吃过。"旺生回答。

"那南边的大闺女，一个个就跟豆腐似的。"更夫的口水几乎要流下来。

旺生闭上眼睛，头感觉晕晕的。

想想也是，两个光棍，晚上躺在一铺炕上，不谈女人谈什么呢？

旺生原来是个心里挺干净的人，这一回，让更夫给污染了。

有些事情发生，是偶然，也是必然。姨娘去甸子上打猪草，忽然内急，就跑到甸子边上的玉米地里小解，小解完了，抬头之间看见了玉米地外边有一双眼睛。旺生像是傻了一样半蹲在那里，眼睛死死地盯着姨娘的私处。姨娘从未经历过如此的尴尬，一时间，整个人也被惊惧给僵住了。姨娘不能动，旺生却疯了一样冲过来，他像豹子似的把姨娘压在身下，几乎不费力气地进入了她的身体。姨娘的大脑一片空白，眼前一黑，便什么也不知道了。

等她醒来时，发现旺生还坐在田埂上，头低在两腿之间，一口一口地吸着旱烟。他的手一直在抖，以至抽烟的时候，几次把烟头触到了鼻子上。姨娘醒悟过来，她披散着头发扑上去，劈头盖脸地厮打旺生，旺生就那么一动不动地坐着，任姨娘发泄心中的悲愤。

姨娘打累了，整个人又瘫在那里。

旺生说："我娶你。"

姨娘不说话。

旺生说："我投案去。"说完，猛地站起来，大步走出了玉米地。

旺生到公社自首去了，他被判了七年有期徒刑。不知为什么，姨娘说死不告他，弄得公社的人也不知所措。村里人对旺生和姨娘的事议论纷纷，对姨娘更是指手画脚。姨娘突然就足不出户了，她由一个爱说爱笑的姑娘，变成了一个不苟言笑的"哑巴"。她把头盘起来了，在我们那地界，头发盘起来的女人，都是已婚女人，姨娘这么做，无疑主动告诉人家，她已经不是一个姑娘了。

她究竟要干什么呢？

七年的时间说过去就过去了。旺生刑满释放，顶着一个光秃秃的脑袋回来了。令旺生说死没想到的是，七年不出门的姨娘竟然到村口来接他了，见到他的第一句话就是："你说过要娶我，你说话得算数。"

"我……"

旺生哑口无言。

姨娘和旺生的婚姻可谓是我的亲族中最奇特、最怪异的了，他们没有孩子，一辈子就两个人，不说话，不吵架，不同床，只在一张桌子上吃饭。就算这样，旺生，也就是我的姨夫也感到很满足。1998年，姨夫患了癌症，是姨娘一直伺候他，把他伺候到死，临死前，他说了一句话："下辈子我还娶你！"

姨娘没说什么，只是用手轻轻地合上了他的双眼。

那以后，又是三年的时间，这三年里，姨娘的老毛病又犯了，她足不出户，一双一双地做鞋，她的一生做了许多鞋，可惜，这鞋姨夫一双也没穿过。2001年，我的姨娘也死了，她的坟孤零零地埋在了南梁。

她在地下能见到旺生吗？

见到他，她会说些什么？

你也许会问，姨娘既然等旺生了，为什么不同床呢？

这对于我来说，也是一个谜。

烟　火

他一定不喜欢她。

他是我的表妹夫，她是我的表妹。后者已经死了，一辈子没享着什么福。前者在我的表妹死后半年，和一个比自己略年轻的女人结婚了。

简单地操办了一下，只是我们家这边谁也没有去。

至少在我看来，表妹死了，除了表妹的孩子还跟我们有些关系，其他人，已经谈不上是什么亲戚了。当然，我如此狭隘的认知是有前提的，如果，他能在我表妹生前对她好一些，事情还另当别论。

他和表妹的婚姻是父母之命，媒妁之言，属于老派的婚姻。这种婚姻双方不了解，可能会不幸福，但是，彼此之间的关心还是有的吧？不然，为何要在一起坚持着生儿育女，并把他们养大呢？

表妹婚后第一次回家是三天回门儿，第二次就是三天回门儿后的十几天，因为表妹过于仔细，他把表妹给打了，表妹是哭着回娘家的。表妹如何仔细？究其根由是他和他父亲要出去赌博，向表妹要钱，表妹没给，所以被丈夫在公爹的眼皮子底下，大施拳脚，表妹眼睛被打青了不说，从此落下了胸口疼的毛病。

过门就当家是那一段时期东北女子出嫁的一个硬性条件，所以，表妹管着钱也在情理之中。

哪有公爹撺掇儿子打儿媳妇的？

可就有这么一个人家！

回了娘家算一个事件，夫家总是要把人接回去的；他也来了，说了一些保证的话，吃了一顿饭，喝了一顿酒，用自行车把人驮了回去。

表面上，事情过去了，实际上，表妹已经坠入了一个恶的轮回。

有一回，是麦收季节，表妹因为抢收麦子累病了，躺在炕上爬不起来。他因为吃不上应时的饭菜大发雷霆，"雷霆震怒"之后自然是表妹遭殃，病上加气，再加挨打，表妹差一点死了，若不是表哥们知道了信儿将她抬回来将养，也许那一次表妹就离开人世了。

表哥们问他："为什么打人？"

他说："她不干活，还骂人。"

"为什么不给看病？"

他说："钱在她自己手里。"

表哥们往出抬人。他说："家里的钱放哪儿了？得过日子呢。"

说这话时，他爹已经得了脑血栓，正躺炕上哭呢。他爹为什么哭？他爹心里知道，表妹要是不在家，是没有人给他端屎端尿，翻身抠背了。

他是不是对他曾有的行为忏悔过呢？

这个我不知道。

更为奇怪的事情在后边，表妹回家养病了，他把家里的一头牛给卖了。卖了钱并不是"为了生活"，而是他的赌瘾犯了，他梦想着在表妹不在跟前的时候大干一场，等到赢了钱，不但要把自己的牛买回来，就连别人家的牛也要买回来，到那时，表妹大概就会对他另眼相看了。

结果是可想而知的，在这里不说也就罢了。

表妹病好后要和他离婚，可无奈孩子太小，扯着娘的衣角哭；回眼望望自己风雨经营的家，表妹只能把无尽的委屈揣回到肚子里。

我的表妹是这么样的一个人，从小就没有娘，虽是家里最小的孩子，却得不到一丁点比别的孩子多的照顾。她胆怯，小心，同时也倔强，坚毅，总想找到一个依靠的人，从而获得一点温暖，同时，也用自己的心，温暖别人。

在农村，一个想把家过得好一点的女人是不容易的。表妹管家，并没有因此多吃一口，多穿一件，家里的苦活、累活她干，好吃好用的都给了儿女、丈夫和公爹，她一个弱小的女子，你还想让她怎么样呢？

表妹的一生就这么过来了。

自己老了，病了，儿女大了，要结婚了，她咬着牙，养猪，养牛，种地从来不雇人，一心一意把房子翻盖了，院墙套上了，家里有存款，孩子办事不用愁了……她把这些都做完了，自己彻底躺倒到医院里了。

癌症晚期，连手术都不能做了。

表妹在医院里住了十几天的院，他没来得及去看她，大概他也习惯了表妹不在身边的这份"自由"，或者他以为表妹还能像以前一样，可以闯过难关，顺利回家吧？总之，表妹住院的日子，他一直在玩所谓的"黑彩"，上天和他开了一个玩笑，他玩"黑彩"终于中了三千块钱，他高兴得要疯了，他以为已经拥有了让表妹获得幸福的权利。

但是！表妹死了，坟就在田野上伫立着，她是在安睡，还是依然眺望着相离二里地的家？

业　务

一个人，他的身体里一下子多了许多铜，会是个什么样子？

以前，我从来没有考虑过这样的问题，可是，后来，我认识的一个故里少年，他就得了这种怪病，我才知道，铜是可以让人口眼歪斜的，是可以让人走路打晃的，是可以让四肢弯曲的，同时，也是可以让人智力下降的。

这个少年就是如此。

他的身体里积攒了铜，不能正常排出，到了一定的程度，就必须依靠药物来帮助。

我认识这个少年的时候，我还很年轻，他由我的住处中转，去安徽看病的时候，都要停留几日——那个时候，好像只有安徽的一家医院是专门治疗这种怪病的，所以，我逐渐对这种我至今叫不上名字的病有了更多的了解。他每次去，病情都会重一些，等住一段时间院，再回来时，便又缓解了许多。来来往往中，我们也会交流，日子久了，我对他的思想，也摸着了一些脉络。

他身体虽然不好，但梦想还是有的。他想在大城市发展，不想回乡种地——以他的身体状况，种地也是不可能的，他想学营销，将来挣大钱。

于是，每一次他从安徽回来，就会在我所居住的城市"潜伏"下来，依靠同乡的帮忙，追求着自己的营生。这样的时期，我们见面很少，偶尔他打电话来，也都是报喜不报忧。

我问他："身体行不行啊？"

他的回答很乐观："至少现在没问题。"

问他工作的事。

他则说："一切都挺好，我现在已经开始跑业务了。"

他很乐观，我却乐观不起来，每当想到他晃晃悠悠地走路，语速极为缓慢地说话，五根手指勾到一起，一颤一颤地"舞蹈"，就为他担心。真希望他早点回到父母的身边，不管怎么说，对他也会有所照顾。

他的父母生活仔细，家境还算富裕。

供他养病是没有问题的。

可是，他怎么着，也不愿意回去。

有一天夜里，我突然接到"卓越商城"保安人员的电话，说有人在他们的商店里倒卖发票被抓，让我过去核实一下情况。被抓的人状态不太正常，百般追问，说了我的名字，所以，务必请我去一趟。

我一下子就想到了他。

叫了出租车，匆匆赶过去，果然是他，歪着身子站在一个空旷的屋子里。

我迅速地和保安人员沟通了情况，大致了解，他和他的另一个同乡在"卓越"套开大额发票，然后再卖给需要发票的人，从中牟取利益。我出具了他身体不好的证明，并着重言及他智力下降的问题，和人家商量，能否宽大处理，给他一个改正错误的机会。

保安人员有同情心，放了他一马。

沙梅的夜航

我对人家自然是千恩万谢。

有了这桩事情，我万万不能让他在我眼皮子底下游荡，连哄带吓唬，把他送回了乡下。

大都市水深，他也算有所领略，加之这一惊也不小，从此，竟断了这个念头，老老实实待在家里"务农"了。

时间是分割机，再整齐的日子，也能给你切割得七零八落。

转眼之间，他也三十几岁了，一直未能找到媳妇——就算家境不错，谁又愿意嫁给一个废人呢？父母干着急没办法，虽然一再降低要求，但始终无法如愿。

突然有一天，他从外边领回来一个女人，说是自己的对象，家住哪里，姓甚名谁，说得有鼻子有眼，令人不能不信。看那女人，年龄与他相仿，个头适中，相貌也不错，自称和他是通过朋友介绍的，觉得他挺老实，而自己结过婚，虽然没有孩子，毕竟是走过一家的人了，便同意和他相处试试。

他的父母自然是欣喜过望。

他父母让那女人在家里吃，在家里住，临走还给拿了一笔钱。

父母的心意简单而明了，如果结婚，过门就当家，要是能有个一男半女，纵是当牛做马也甘心。

二老又怎么能料到呢？这样一个女人，一年之中，往家里也来过几次，他们每次都像对待儿媳妇一样招待，钱是钱，物是物，从来没有分心过。看表面，也是一个暖人心的、能说会道的主儿，可实际上，她是他们的儿子在洗头棚子认识的。儿子和她两个人合计着，从二老这里骗嫖资呢。

你们说，这种业务你们听说过吗？

问　题

我在故乡有一个文友，是乡村教师。早年间，我们常有书信来往，讨论一些文学上的问题。1985 年左右，文学在全国都很热，拾一个砖头打出去，打到十个人，有九个是"搞文学"的，可见，那个时候，文学是件多么辉煌的事情。

文学，在你爱它之初，是黏合剂，很容易把一群人粘在一起。

我就是在一个偶然的聚会上，和这个乡村教师"粘"到一起的。

我们除了通信，也时不时地创造机会见面，因为他工作的那个县，距我居住的城市不远，早晨坐上长途汽车，中午就可以到达。

这个乡村教师大我几岁，所以，我们见面了，他总会主动或被动地请我及一帮文学青年喝酒、吃饭。在我们这一群人当中，他是很能背书的，像《艰难时世》《静静的顿河》这样的大部头，他都可以成段成段地背诵。

阅读面大而广的人，往往会犯一个毛病，那就是自负。很显然，别人说的，他全知道，别人说不上来的，他能说得头头是道，这样的人，在交流上是鲜见对手的。

乡村教师应该就是自负的。

说到一本书，恰好一个人读得很通、很透，自然话语就占了先锋。这种时候，他的话反而少了，一副洗耳恭听的态势。

可到了背后，他又总对我说："你说说，他讲的那些就全对吗？"

接下来，讲一番他的道理。

再接下来，就是对话语占了先锋的那个人的人身攻击，把他所知道的该人隐私、秘密、不良嗜好一股脑儿地翻腾出来，并逐一加以分析，直至对方体无完肤，直至对方置于他心底的怨气全部消失。

说实话，我不太喜欢这种类型的人，所以，渐渐地，我们的交往也就少了。

关于他评过人，我在这里举一个例子。

有一次，他来我所居住的这个城市办事，事后兴冲冲地找到我，迫不及待地说："据我所知，孙犁不是什么大官，他就是《天津日报》文艺副刊的一个编辑。"

他的消息来源我无从可考，也确实不了解，但当时我就想，孙犁干什么和他写作有什么关系呢？我知道他是"荷花淀派"的代表人物这一条就足够了，何必跟他当什么官联系在一起呢？

真是大可不必。

据我所知，在他的实际生活中，还有一件事对他的困扰很大，那就是，尽管他颇有教学经验，却一直当不上语文教学组组长，这是他不能接受的事实。尤其是在他的小说自费出版之后，这种怨气越来越大了。

他结婚了，又离婚了。

他又结婚了，媳妇是一个信佛的人。

有一天，他做了一个梦，梦见一个高大的和尚站在他面前，低眉顺眼地瞧着他，他一惊，醒了，一身的鸡皮疙瘩。倚在床头回忆梦中的情景，觉得那和尚通体散发着金光，煞是祥和。于是便想，披着金光的是佛呀，我梦见佛了有什么可怕的呀，这样想来，心里一下子安稳了。

早晨起来，和媳妇说这个梦，谁知，媳妇竟一脸的愁容。

媳妇说："佛陀你是梦不到的，你梦见的是魔。"

媳妇的话一下子把他说到一个轮回里。

他也信佛了。

但是，他的内心里始终解决不了一个问题，那就是他根本无法确认，自己信的是佛还是魔。念佛的时候，想的是魔，想到魔，又想请佛来解救，终日纠缠，无止无休。

苦恼大了，竟然不能工作，于是，辞职了，去了庙里当和尚，以为到了庙里就应该和佛有缘了吧！结果，心结变得更加不能分化了。

最近，因为一笔稿酬的事，我设法找到了他的后任媳妇，得知，他出家不到三年，便疯掉了，如今，住在精神病医院里，靠药物镇定，脑子已不大能想东西了。

他的学校非常仁义，承担了他的医疗费用，算是对他在学校工作了几十年的一个报答。

这大概是他不会想到的吧？

我翻检旧信，找出他写的一封，信封上写着：南昌路2号作家进修学院于德北收。字迹工整，章法严谨。以当初的状况想，怎么也不会想到今天这样的结果。

人呐！

186

沙梅
的
夜航

指 弹

六舅去七叔家帮工，结果把手臂压断了。在医院苦熬了一天一夜，结果保不住，做了截肢。左手没有了，小臂也少了三分之一。七叔家盖房子，六舅帮着破木头，去镇子的路上，车翻了。其他人都没事，唯独他，险些坠落到公路桥下去，如果坠下去，就不是截肢的问题了，那样的话，要的是命！

听到消息，我们赶紧往医院跑。

一走廊的人。

和表妹有十几年未见了，这一次又得以相见。

表妹老了，头发白了，脸上也有了皱纹。只有笑没变，两只眼睛眯成了一条缝儿，眼睛微微下弯，依然有娃娃的模样。

"来了。"她说。

"嗯。"我点头。

"我爸在里头呢。"她侧了侧身。

于是，我见到了六舅，人躺在病床上，左手臂处缠着厚厚的纱布。我也看见了我七叔，苦着一张脸，在一旁赔笑。我说了一些宽慰的话，便把七叔叫到外边，一边吸烟，一边了解情况。

六舅是我母亲的堂弟。

我父亲是七叔的堂哥。

明眼人都知道，这种关系很难处理，大家都加了几倍的小心。

七叔家盖房子，要破木头，村里出了两台车，一台面包车拉人，一台小货车拉木头。别人都挤在面包车里，唯有六舅要坐到木头上去。过公路桥的时候，因为避让对面来车，方向盘拧大了，六舅和木头一同被射了出去。

七叔说："命保住了，就是万幸。"

我感叹了一声。

因为六舅的事，七叔往家里跑了几次，央求我母亲，也就是他的嫂子出面，把事儿给说和说和。母亲婉拒了。年岁大了，说不明白事了，另外，这理都明摆着呢，母亲相信他们能处理好。

六舅住院，七叔出钱。

等一切都安顿下来，到了赔偿的事。

有消息传来说，我的表妹找了婆家的一个当律师的亲戚，详细地咨询了法律程序之后，放话回到家里，如果赔偿不得当，她是可以主张法律支持的。换言之，如果七叔这边不能满足要求，就去法院告他。

走法律程序，这无可厚非。

可是，这消息我听着心里很不舒服。

说实话，在这两门亲戚中，我和六舅的感情更好。小的时候，我是在姥姥家长大的，等上了中学，也常回乡下小住，南屋北屋，东院西院，尽是在大表哥家、舅舅家，遇饭随食，遇夜安睡，心里没有丝毫的芥蒂。

我的这位表妹，对我也极好。

记得两件事，让我的少年生活有了秘密，也有了温馨。

由于心里没有芥蒂，所以也就少了规矩。入夜，我们这些孩子——大舅家的小哥、表妹，六舅家的表弟、表妹，一帮猴子似的，横七竖八地挤在一铺炕上。六舅家的表妹挨着我，她温热的呼吸就在我的耳边。睡到半夜，起凉风了，我被吹醒，怔愣了半天，才察觉到自己的手竟扣在她的胸口，反应过来了，立即心惊肉跳地收手，穿上鞋跑到外面去撒尿。月亮地里，白花花一片，整个村庄像被安置在白炽灯下，一草一木都看得清清楚楚。狗不吠，鸡不叫，一切宁静如水，只有我的心"咚咚"跳个不停。

有了秘密，再也睡不着，侧脸去看表妹，觉得她就像自己的小媳妇一样。

又一年回家，住了几日后准备回去，临行的头一天，一个人在里屋睡懒觉，恍惚间，觉得有人进来。进来后，停在那里，好久好久，像一个梦，又过渡到另一个梦里。柔软的嘴唇印在我的额头，我听见她喃喃地说："喜欢你。"

之后，是极速的奔跑，以及开门声、关门声，以及她和大表嫂撞个满怀的惊叫声。

我不愿意睁开眼睛。

就这样沉沉地睡，一睡就是几十年。

表妹留在我心里的印象是温婉的、善良的、羞怯的，所以，我对她并不超常的"法律"举措产生了反感，在我的心底，我还是希望她葆有年少时的无邪，远离人间这些无聊的世事。也许我的要求过于苛刻，过于天真，但我的思维是无法抗拒地这么简单。

"回去吧，不用惦记。"她送我到楼梯口，这样嘱咐。

"告他。"这是我想象中的声音。

"什么时候到家里去？"她伏在楼梯的扶手上，问我。

"告他。"这是我想象中的声音。

"你慢点走。"依然是她的嘱咐。

"告他。"这是我想象中的声音。

有一段日子了，我不能把这样的两种声音有机地组合在一起。

第三辑　松城奇人志

明月谣

四姐是一个普通得不能再普通的女人。

她在电力设计院的旁边开了一家小超市，前面是店，后边留出一小间自己住。她爱人去世得早，她四十几岁就守寡了，一个人拉扯孩子，供到大学毕业，早早地帮她成了个家。对，是个女孩，长得和她年轻时一样，圆盘大脸，敦实。嫁了一个司机，开面包车送货，收入过得去。

四姐原来不在松城，在相隔一百二十公里的另一个城市，女儿留在了松城，她也就迁居于此。但不和女儿、女婿一起住，怕给人家添麻烦。自己走街串巷，看了无数个门市，最后盘下这家小店。

她太仔细，能省的皆省。

这家店的左边是一家印务公司，一天到晚机器运转不停，热火朝天的；右边是一家咖啡店，夜场可到凌晨两三点。楼上呢，是一家排版公司，天天夜里加班。她坐在那儿观察、研究，经过一冬之后，不再交采暖费了。这一项，一年省下两千多元。为什么不交采暖费？左右都加了暖气片，楼上改了地热。

她会做面食，尤擅包子和馒头。起初是做着自己吃。出于礼貌，也给邻居们送。印务公司、咖啡店、排版公司年轻人多，一来二去都叫她四姐。就和她商量，在她这儿订午饭，省事。她没有不答应的理由。这帮年轻人除了中午一顿饭，也打包往家里拿，送给父母，是一份温馨的孝敬。

头一天晚上就把份额定好。

四姐第二天就把这些吃食弄整齐。

一来二去，附近的邻居知道了，也来享受这份待遇。他们学着那些年轻人，下班时，或特意从这儿过——办事、遛弯、买东西——就报上数目，四姐也一起登记在册。

开超市是主业，她的包子、馒头不多做，做到她的精力、时间允许，绝不再多接一份。想吃，往后排吧。越是这么着，人越是打破脑袋，四姐的面食成了人们的一个想头儿。

"明天订点儿馒头吧，好几天没吃了。"

"去试试吧，不一定能订着。"

"早点儿去，订不上怪闹心的。"

"行，真想吃，我把她嘴里的那两个给你截下来。"

是玩笑，但情况属实。

排版公司有位刘先生，会弹吉他，五十多岁，离异。刘先生是松城第一批接触电脑的人，对排版业务门儿清。不缺饭吃。但一般的排版公司不爱雇他。为什么呢？他家庭负担重，双方四个老人先后有病，媳妇有正式工作，不能常请假、请长假，一切全赖刘先生。刘先生先服侍岳父，三年，接着服侍岳母，五年。八年过去了，他四十多了，以为可以松口气儿，父母又相继出现问题。媳妇焦躁、犹豫、徘徊，最后一跺脚，和他把婚离了。

媳妇要女儿。

刘先生想一想，自己照顾父母就不能照顾女儿。同意了。

接下来服侍父亲，六年，服侍母亲，四年。

十年过去了，刘先生的头发白了，人也接近六十。

刘先生喜欢弹吉他，喜欢喝酒，因为老人，这两样都断了太多年头。现在老人没了，他又可以出来工作了，就把这两样都捡起来。公司接活多了，电脑总是一流的，老板不放心，想让刘先生打更。刘先生一口应承，回去就把自己的房子租了出去。

他这一点和四姐有点儿像，能省的都省。

岁月就是这么个玩意，能让熟悉的陌生，当然，也能让陌生的熟悉起来。

刘先生和四姐熟了，就常下楼搭伙，尤其是晚饭。开始还客气，后来也没什么可客气的了。到了吃晚饭的时候，四姐就站在楼下——冬天不行——大声喊："老刘，吃饭了！"

刘先生就噼里啪啦地下楼来。他穿拖鞋。

原来四姐自己吃饭时尽对付，有一口没一口的，刘先生来搭伙了，她做饭的热情越来越高涨。两菜一汤，每周还加一顿鱼、一顿小鸡或牛肉。慢慢地，排版公司的小孩儿都发现，刘先生白了，胖了。

刘先生喝二两，微醺的状态下就摸起吉他，弹他们爱听的老歌。刘先生喜欢弹《我的祖国》《拉兹之歌》《弹起我心爱的土琵琶》，还有电影《桥》《追捕》的主题曲。四姐呢，喜欢听《三月里的小雨》《童年》《红河谷》；最爱听《怀念战友》，这是刘先生弹吉他时，她必点的曲目。

她父亲年轻的时候在新疆当兵。

牺牲了。

她从没见过。

坐在店门口，月光正好。有风吹过，他们的头上飘起片片银丝。一只鸟候在柳树上，听曲子，等待下文。

四姐问刘先生："这么多年，你不想女人吗？"

刘先生摇头。

四姐悠悠地叹口气，自言自语："是啊，一个又老又丑的女人，能让人有啥想头儿？"

刘先生突然哭了。

就是这一年的秋天，刘先生联系了一个老年团，四十个人，每人报名费七千八百元，管住不管吃，自己可带炊具，三十一天游遍新疆。他没和四姐商量，向团里交了一万五千六百元钱。四姐没吃惊，也没反对。她只有一个要求，去她父亲牺牲的地方看看。一辈子了，还没祭扫过。

他们去了，静悄悄的。

在门口挂了一个牌子，让老顾客们知道：他们出门了。

流水账

梅大娘是小家碧玉。

她出生于买卖人家，年少的时候家境殷实，家里不算大富，但绝对不穷。她小的时候，能穿上纯棉的袍子，拎包袱皮儿上学，有零钱买大饼，偶尔还能接济一下乞丐。

乞丐讨好她，称呼她小姐。她直接纠正："我不是什么小姐。"

乞丐笑了。说什么她还是个小人儿，骨子里却透着倔强。

"不叫小姐叫什么？"乞丐问她。

"叫妞。"

那以后，上学放学的路上，只要看见她，乞丐就喊："妞，有吃的吗？"

她口袋里如果有半块饼子，就毫不吝啬地掏出来。

因为喜欢她，乞丐也是存心，有时不是真饿，就回她："逗你呢，自个儿留着吧。"如果饿了，也不客气，抓过饼子就吃，一边吃一边说声"谢谢"。

都说好心有好报。

有一年春天，城外来的人贩子盯上了梅大娘，跟了好几天，准备把她偷走。乞丐们看出端倪，身前身后地保护着，人贩子愣是没下手的机会。这事被梅大娘的父亲知道了，在家门口设粥棚，管了乞丐们七天饭。

那时东北还叫"满洲"，溥仪正当"皇上"。

当然这"满洲"前边得加个"伪"。

伪满洲。

梅大娘不知不觉间长大了，出落成了大姑娘，该谈婚论嫁了；家里给她相中了一个警察，长辈都在溥仪身边做事，可谓有背景。可是梅大娘却没有看上。没看上的原因有两条：一、这个人长得瘦，看着太干巴，不伟岸；二、这个人唱歌太好听，在电台都唱过，唱得都那么好听，说得更好，听说什么都一套一套的。二归一，不可信。

儿女的亲事，父母之命，媒妁之言。

抵抗得了？

梅大娘有主意，抵抗不了就拖，宁可嫁不出去。

这位爱唱歌的警察还真有耐心，梅大娘不爱搭理他，他就盯上了梅大娘的哥哥。哥哥爱读书，喜欢写作，这位警察就找自己认识的几位作家，要他们的签名本，送给自己的大舅子。大舅子当然高兴得不得了，人前人后夸奖他。

警察很聪明，走"围魏救赵"的套路。

请大舅子下馆子，捎带让大舅子带上妹妹。

梅大娘是抱着白吃谁不吃的态度去的，当然吃了也白吃。

要说姻缘天注定，有时逃是逃不开的。那一次，大舅子带着妹妹赴约，先到警所和警察会合，然后一起去吃"大同烩"。进了警所，就看见一帮警察往外押人，拖拖拉拉，十几个，都是犯罪嫌疑人，神色各异。其中有一个年轻妇女，显然怀孕了，挺着个大肚子，一脸的苦楚。

她一直盯着梅大娘看。

看得梅大娘心发软。

她突然对警察说："你能把她放了吗？"

警察没明白怎么回事，摇头说："不能。"

梅大娘来了倔劲儿，脱口而出："你把她放了，我就嫁给你。"

警察心中一喜，随后又一惊。

大舅子在一旁打圆场，让妹妹别瞎胡闹。

可梅大娘说："我说话算数。"

一句话杠在这里，把警察的五脏六腑、七魂三魄都拧了一遍。警察是真喜欢梅大娘，就动了心思，也动了关系，一番操作，真把那个孕妇放了。

梅大娘话复前言，真心也好，无奈也罢，她真的穿上婚纱，嫁给了警察——也就是后来的梅大爷。梅大爷也挺争气，结婚之后，人胖了，身子骨壮实不少。说到唱歌，一句话，梅大娘喜欢，就唱，不喜欢，戒了。

时光流转，岁月绵长。

后来伪满洲国倒了，东北解放了，梅大爷继续当警察。他当年放的那位孕妇，身份公开了，她和丈夫都是地下党。梅大爷救过地下党，身份自然和旧警察有区别，他不但继续当警察，而且还成了派出所的所长。

梅大娘生头胎的时候，当年的孕妇特意到医院来看她，还送了她两罐苏联产的奶粉。

这是一段佳话，按下不表。

且说梅大娘和梅大爷一生生下五个儿女，个个成才。只可惜梅大娘中年的时候得了一个病——大脑中枢神经坏死，什么活儿也干不了了。

她的脑袋不受控制地摇晃不停。

梅大爷开她的玩笑："咱家无论什么事，你的意见只有一个。"

梅大娘口齿不清地问他为什么。

梅大爷说："问你啥你都摇头——不同意。"

梅大娘笑了，头摇得更厉害。

"怎么着？这你也不同意。"梅大爷问她。

她的头摇得更厉害。

梅大娘不能劳动，但依然持家。梅大爷的工资，儿女们未婚未嫁前挣的钱，一律交到她手里，由她统一分配。外边的人都不相信她能管好，可梅家的日子过得有条不紊。儿子娶妻，女儿出嫁，没有一个不体面。

她有她的原则：自己不能开源，就得学会节流。

但规矩不能没有。

梅大爷是家里的主要劳动力，爱喝两口，吃饭必四菜一汤，铁打不动。

困难的时候，白菜丝一碟，土豆丝一碟，萝卜丝一碟，海带丝一碟；汤，一滴酱油三片葱花一碗开水。

日子好了，鸡兔鱼虾牛羊驴马菜蔬蛋奶，从不重样。汤就更讲究了。

后来，卧床了，流食也得四样。只有汤免了——多吃一口流食啥都有了。

就这么一辈子。

过得挺好。

闻老爷子

学生一直叫他老爷子。

学生比他小二十几岁，叫他老爷子没毛病。

闻老爷子是搞历史的，人本来很严谨，但也常犯冲动的毛病。他没退休呢，学生就分到了他的手下。历史不好搞，搞不好，一辈子也弄不出个名堂。他总给学生讲胡适和罗尔纲的例子。罗尔纲想研究历史，但没有方向，胡适就提醒他，让他研究太平天国史，结果，罗尔纲成为一代史学大家。

学生说："是啊，真难，能研究的，都让人研究遍了。"

他说："也不尽然。"

"怎么呢？"学生很期待。

他说："你试试抗联史，抗联十四年，研究明白了，可不得了。"

学生一下开了窍。

从那以后，学生就开始到处跑，辽宁、黑龙江、吉林；图书馆、博物馆、方志馆、档案馆；尚存人世的老抗联，抗联遗孀、后人；主干，支系；国内国外，花了不少精力。

也有一些成绩。

学生写了一部书稿交到出版社，出版社也很看好，只是出版资金困难。出版社的理由很充分，不能出赔钱的书。那怎么办呢？

可以合作出版。所谓合作出版，就是自己掏钱出书，由出版社审核、排版、校对、印刷，最后把书交到个人手里。

当然，印刷费也是自己出的。

学生一听就放弃了。

可闻老爷子很仗义。他算了一笔账，数了数自己的私房钱，认为有能力资助学生，就把钱装到一个信封里，背着学生找到了出版社。本来说好要保密的，闻老爷子要当无名英雄。可书出版之后，学生出于对出版社的感激，请编辑吃饭。酒过三巡，菜过五味，编辑喝高了，也是出于感动，把实话交代出来。

编辑问他："咋没请你老师来呢？"

"本来请了，可他说什么也不来。"

"你知道为什么吗？"

学生摇头。

编辑十分感慨地又是拍手，又是叹息。

学生诧异。

编辑这才把事情的经过一五一十地讲了一遍，临了还强调："有这样的老师，一辈子值了！"

学生的眼睛当时就湿润了。

回到家，学生把这件事和媳妇讲了，媳妇也很感动，就主张把钱还给闻老爷子。家里再不宽裕，也不能让老师垫钱出书。于是，两口子找出存折，去银行取出积蓄，装在信封里，连夜去了闻老爷子家。

学生来串门，这是很正常的事。可学生两口子一还钱，坏了！私房钱，师娘不知道啊，一时尴尬在那里，不知怎么处理好。闻老爷子放不下架子，师娘脸上的笑一直在颤抖。学生两口子知道惹了祸，双双后悔处事不周，红着脸出来，鞋都来不及提上。前脚门刚关上，后脚就听见师娘声嘶力竭地质问。

学生两口子互相看一眼，匆匆逃离。

这事不好解释，后来见面，大家都极力回避、掩饰。

但学生一直记着闻老爷子的恩义。

他们之间的走动越来越多了。

学生不好意思见师娘，好像自己犯了什么错误，所以，他们的走动一般都是闻老爷子去学生家。他们住得不远，饭后一遛弯儿就到了。喝茶，谈历史。有时也喝点儿酒，闻老爷子就谈"子见南子"，话里话外，孔子那个年代，人过于拘谨。

他自己拘谨吗？

说不好。

学生外出采集资料，走了很长时间。闻老爷子依旧去学生家，坐下来，聊几句杂七杂八的事。学生的妻子年轻，美，说话也温和。有一次，闻老爷子突然说："你像南子。"

学生妻子的脸腾地一下红了。

她多少知道一些，在历史上南子是个什么勾当。

闻老爷子又突然从口袋里拿出一沓钱，抓住学生妻子的手硬塞过去。

学生的妻子惊到了，奋力一挣，钱撒了一地

闻老爷子也猛然醒来，说："买书，多买点儿书。"

可他让学生的妻子买什么书呢？

误会也好，为了掩饰什么也好，他后来佯装十分无意地和学生说起这件事，还俨然长辈的口气："我岁数大了，不用什么钱，你那点儿工资哪买得起什么资料啊？"

从那以后，他时不时地给学生送去一些买资料的钱。学生不收，他还气愤得跟什么似的，直到学生收下，他才长出一口气。

这算个什么事呢？

他自己也说不清楚。

如是我闻

　　孙圣一是出版社的美术编辑，高，胖，一头的卷发。他祖辈有俄罗斯血统，所以他长得像外国人。他平生三大爱好，喝酒、刻小版画、演电影。松城有电影制片厂，他是那里的常客。

　　先说喝酒，天生的，遗传。他爸爸就能喝，曾经是厂子里的销售大王，凭喝酒交下了无数的朋友，朋友帮他卖掉许多产品。他精神物质双丰收，不但是市里的劳模，也分到了不少奖金。他支持儿子学画，虽然学画烧钱，但他出得起。孙圣一也算争气，顺利考取了松城艺术学院，先学油画，后来迷上了刻版画。画画的，多半也能喝酒，大家凑到一起，除了谈艺术，就是喝酒；当然，一边喝酒，一边谈艺术，更有气氛。孙圣一喝酒是来者不拒，白的、啤的、红的、黄的；中国的、外国的，都行。

　　有一次，电影厂建厂纪念，把国内能请的"外国人"都请到了。外国人有真的，也有假的，假的如孙圣一之辈。他们聚在一起，好像开联合国大会。喝酒是少不了的事。欧洲来的，能喝啤的，以德国人最甚；俄罗斯单列，只喝烈的；美国人爱喝勾兑的——鸡尾酒；日本人独尊獭祭；非洲人喜欢混喝——什么都行。人人都吹嘘自己地域的酒好，个个满脸自豪。

　　德国人说啤酒，孙圣一没吱声。

　　法国人说红酒，孙圣一也没吱声。

有一个日本人——也不是完全意义上的日本人，属于拿到居住权的那种，大吹特擂清酒，说日本清酒天下第一，无人能敌。

孙圣一不乐意了，他晃着膀子就过去了。

"你说这酒好？"

对方点头。

"你能喝多少？"

"千杯不醉。"日本人说，"这酒好就好在千杯不醉。"

"那咱俩喝！"

孙圣一是有意和他较劲儿，就领他去了一家日本料理店。在这儿喝，不等于欺负他，让他有点归属感。不是两个人去的，还请了英、法、德、意、奥、匈、美、俄等国家的人作陪，一大桌，十个人，就喝獭祭，看看到底什么滋味。说好了，谁先醉，谁请大家。都摩拳擦掌，从中午开始喝，一直喝到晚上，从晚上又喝到半夜。料理店没见过这阵势，索性改深夜食堂了。一桌子人，全喝倒了，只有孙圣一一个人坐在那里。天都亮了，看着榻榻米上横七竖八的人，孙圣一又特意让服务员出去找超市，买了四个"大绿棒子"，扎凉扎凉的，喝着醒脑。

所谓"大绿棒子"，就是松城地产的六百毫升的大棒啤酒。

孙圣一对服务员说："还得是这玩意儿有劲儿。"

服务员好奇地问他："你是哪国的？"

孙圣一拍拍胸脯说："中国的！"

孙圣一学版画也是一个劲儿。他先学印，临商印、战国印、秦印、汉印，不下四百种。刻了磨，磨了刻，一边刻一边做记录。后来又刻佛像，刻《大圣毗沙门天王像》，刻《大随求陀罗尼轮曼荼罗》，刻《弥勒佛菩萨像》，刻《灵山变相图》，刻《密藏诠》，刻《契丹大藏经扉画》，刻《妙法莲花经扉画》，刻《碛砂大藏经卷首》。多了去了，谁刻过？听都没听过！他走访中国版画之乡，拜师学艺，每到一地，一住两三个月，南至松溪、兴宁、长宁、马关、澄海、建瓯，北到北大荒、桓仁。至于天津、朱仙镇、汉口、景德镇、佛山，更是常来常往。

你可能要问了，他不上班吗？哪有那么多时间？

进入二十一世纪，北方大部分出版社取消了美术编辑这一行当，孙圣一基本赋闲了。他每年接单位五十个封面任务，行走之间就轻松完成了。

他立志刻一套市井人物，总称为"气象"。

他刻的都是一尺的小画，木头味、刀味、刻味，都令人沉迷。

孙圣一还喜欢演电影，因为他在松城电影制片厂挂了号，只要一有外国人出现的镜头，总会出现他的身影。大到将军，小到普通市民，接什么，演什么，一丝不苟。平常没事，他背台词，"夫人呀，我们为什么要重视皮托的颁布预言的庙宇，或空中啼叫的鸟儿呢？它们曾指出我命中注定要杀我父亲。但是他已经死了，埋进了泥土；我却还在这里，没有动过刀枪。除非说他是因为思念我而死的，那么倒是我害死了他。这似灵不灵的神示已被波吕玻斯随身带着，和他一起躺在冥府里，不值半文钱了"。这段选自《俄狄浦斯王》。"安德罗玛克这么赤裸裸的罪行，希腊人还没有敢尝试过。你们固然连袒护你们的天神的许多庙宇都渎犯过，但是从来没有挖掘过我们的坟墓来泄愤。我一定要抵抗，以没有武器的双手来反抗武装的你们。愤恨能产生力量。勇猛的阿马宗女王曾打散过希腊的马队；酒神的女侍受了酒神的灵感，迈着疯狂的步伐，只拿着藤杖作武器，便曾在树林中为祸，伤害过别人和自己，而自己却不觉痛——我也要学她们，在你们中间横冲直撞，来保卫坟墓和死者。"这段选自《特洛伊妇女》。

他是那么激昂，又是那么悲愤。

有时怒目圆睁，有时又涕泪横流。

五十五岁那一年，他得了脑血栓。电影不能演了，版画也不能刻了，酒恐怕也不能喝了。可是，等他病情好转了，他依然会出现在酒场上。自己带酒，一个老式的银壶，能装半斤酒。他自称调的药酒，不能与人分享。太熟的朋友和他闹，非要喝一口，他也不执拗，取小酒盅，给满上一杯。真是酒，火辣火辣的那种。

喝了酒，还要来上一段——

"这家伙所说的消息我早已知道。仇敌忍受仇敌的迫害算不得耻辱。让电火的分叉鬈须射到我身上吧，让雷霆和狂风的震动扰乱天空吧；让飓风吹得大地根基动摇，吹得海上的波浪向上猛冲，紊乱了天上星辰的轨道吧，让宙斯用严厉的定数的旋风把我的身体吹起来，使我落进幽暗的塔耳塔洛斯吧；总之，他弄不死我！"

这是《被缚的普罗米修斯》。

颤颤巍巍的，没人挑！

他六十一岁的时候，病故了，一瞬间的事，说没就没了。他那把银壶被一位老友收了作纪念，这一纪念才知道底细——那是一把有机关的壶，一半装酒，一半装水。

孙圣一生命最后的五六年里，他喝的都是水！

单 弦

街上有一家回族饭馆。

小萍经营这家饭馆是年前的事，算来算去，她"待业"已经整整八年了。小萍今年二十六岁，除了眉眼间的天真气荡然无存外，其他几乎没有多大的变化。个子矮，身体还是有些虚胖，眼睛大而亮，头发又黑又长。

小萍的父亲在一家街道办的小厂当厂长，原先刚毕业那会儿，她父亲最大的心愿就是把她办到厂里去。小萍的身体不太好，大概是神经系统有些毛病。读书的时候，她病休在家就是常有的事，所以她的家人对她就有许多额外的照顾；她的同学也都是稚嫩得极富同情心的，经常凑钱买些水果去看她，一帮一帮地来了，又一帮一帮地走了，说说笑笑，吵吵闹闹，有时还在她家里吃牛肉面，一群人吃了一锅还不够。

小萍"待业"在家，她的同学马长亮常常单独一个人去看她。他是汉族人，长得秀气，能写一手好钢笔字，曾参加过全国的硬笔书法大展，拿过很好的名次。他爱戴一副平镜，使他的秀气之中又多了些书卷的味道。他家境贫寒，所以骨子里时时散发出一股凉气，让人觉得他不是十分地好接近。

马长亮有一辆破自行车，他来小萍家的时候就骑着它。小萍坐在窗口觉得没有多大意思的时候，就能听见马长亮的自行车稀里哗啦地过来的声音。马长亮来她家总是很拘束，他坐在沙发上，很少大笑，很少大声说话，有时他喝点酒，话会丰富些，也会开一两句别人开剩的玩笑逗乐小萍。于是，街上的人就有了猜测，说马长亮有意于小萍，同学中也有一些人这样认为，只有小萍心里狂跳得厉害，不知承认好，还是否认为佳。

小萍刚待业时，虽然心里有些空落，但毕竟年岁还小，才十八，空落之余，还会为突然卸下功课这个大包袱感到轻松和窃喜。她经常鼓动同学一起出去玩，张罗着买牛肉、买啤酒，联系车，到净月潭去野营，蛮浪漫蛮刺激的；他们到"地院"的熟人那里借来帐篷，在净月潭的水边点燃篝火，唱《让我们荡起双桨》那样的歌，日子过得还快活。可是两三年过去后，大家随着年龄的增长越来越实际起来，对小萍有时表现出来的过分地怜弱也逐渐淡漠，偶尔，几个上学时非常要好的女生还来看看她，后来，她们忙着谈恋爱了，来的机会也人为地十分之少。

小萍守在家里，上下都没个着落。

马长亮还是常客，依然对她表示着挺多的关心，托人从南方什么药厂搞来十几盒中药，还约她一起到南湖玩了一次。只有他们两个人，租了一条船，往人多的地方挤，半个上午说了没有十句话。小萍的脸红红的，一阵一阵地发热。

马长亮在市政工程处找了一个临时工干，没日没夜的，和人一起抢大镐、挥铁锹。他用他自己挣来的钱，供他四个妹妹中的一个上了中专。他做得挺辛苦，挺有责任。夜里，他还不定期地找一些抄写的活儿，在精力充沛的情况下，为自己挣一点酒钱。

他也不知道他和小萍之间算不算爱情。

又过了一两年，小萍已经完完全全是一个老姑娘了，懒散之中，她也真正地开始为自己的生活着急。她不再以她的病是一种荣耀，人前人后总表现出一副健康向上的样子。她不再等待父亲为她努力的那个天堂，其实也未必是天堂。她找了一个已在工商局混出点眉目的同学，给她办了一个营业执照，正正经经地和父母要了一间临街的房子，也做起了买卖。

她开的是副食店，除了卖其他小铺那些零杂物品外，还设了青菜、水果床子，四季常青。她干得挺红火，好像一下子就挺红火。她的手头一天一天地有了钱。有一天马长亮来看她，她突然说："你还不结婚？"

马长亮一下子呆了。

马长亮说："你不是也没结婚吗？"

小萍的脸红了。

小萍的母亲进来说："是啊，你瞧你们两个，你们同学谁像你俩？小萍必须找个回族的，困难点儿，你呢？年纪不小了，哎，你们呀，尽让爹妈操不完的心。"

小萍和马长亮的心好像一下子开通了。

唉！其实世上的事还不都是这样，又能有一个怎样的结果呢？

他们绝口不再提婚姻的事，他们还是好朋友。

小萍在自己副食店的旁边又开了一家回族饭馆，挂了四个蓝灿灿的幌子，请了正宗的清真师傅，手艺不是一流的，但纯正，顾客盈门。因为小萍在家行三，所以街上的一群小子就叫小萍三姐，三姐三姐的，很快就叫出了名。原先的一些同学中，有一些人又来走动，依旧非常亲近的样子，只有马长亮还像从前，隔一段时间就来看看小萍，有时，他还坐在小萍店里靠窗的位置上喝酒、吃酱牛肉，小萍从来没听他发出过一声叹息。

时光就这样慢慢地流。

像一条河。

绳　索

何明雅是一家媒体的主编，生活得很惬意。别人都送给她一些尊贵的称谓——美女、成功女士、女强人、何主编，甚至还称她为作家，因为她也写一些时尚的文字，并且出过一本书。表面上看，她是一个性格开朗的人，无论和谁说话，都是"哈哈哈"地大笑一番，给人一种无遮无拦的感觉。

但，实际上呢？

凡是和她交往过的人，都觉得说不清晰。

她的家并不在松城，而在一个边远的丘陵地区，自从她来松城读书之后，她便再未作回去的打算。毕业后，她找了一份在报社拉广告的工作，很快就积攒了一些钱，这些钱不是很多，可在二十世纪九十年代初期，足可以辉煌潇洒一阵子。

所谓拉广告，就是先寻下一家企业，和老总谈好，为他或为他的企业写一篇"报告文学"，然后，由企业赞助报社多少多少钱，如是，何明雅就可以顺理成章地从这些钱中提取一定比例的奖金，算是对她努力工作的回报。这个提成比例不高也不低，一般在百分之二十到百分之三十之间，有时还会高些，那就取决于企业的老总慷慨与否了。

何明雅在这家报社干了两年多，之后，她去了海南，并以同样的方式在当地一家报社里挣了许多钱。海南经济不景气的时候，她迅速打理手边的业务，安全地撤回到她最初"登陆"的松城。彼时，她目前工作的这家媒体正在招兵买马，于是，她以"思维活、路子野、文笔好、会说话"顺利入主该媒体的时尚版块。

说"入主"一点也不过分。

她几乎是一进入该媒体，就开始管事了。

强将手下不能有弱兵，管事之后，何明雅就寻思着安排左膀右臂。考虑再三，相中了一个同学，男性，和她是同乡。这位同乡为人谨慎，心地善良，勤于工作，不会伤人——这样的人建树不会很大，但听话肯干，执行力强，正是何明雅所需的人选。于是，何明雅回了一趟老家，以老同学的身份，对同乡晓以利弊，最后，使得这位同乡抛家舍业，只身来到松城，成为何明雅的助手之一。

果如何明雅所料，同乡的策划能力一般，但只要你指明方向，他便可以勇往直前，毫不退却，直至胜利。

这家媒体在何明雅的鼓动下，曾经红火了一阵子。

何明雅的这位同乡，原本是一心要写小说的，心里十分推崇几个人，想以他们为榜样，好好地奋斗一番。可是，一进入何明雅的公司，分身乏术，天长日久，写小说的技能一点点荒废了。疲惫之时，他也会叹息、感慨，但一到发钱的日子，他的叹息和感慨就被大把的钞票淹没了。他的妻子和孩子还在老家，表面上看，他在松城挣的工资比在原单位挣的工资高出许多，可是，如果仔细计算，一个男人在外独居，就算再节省，可堪浪费的细节也实在太多了。他每个月又能给家里拿回去多少钱呢？这些钱可以弥补两地分居所带来的相思之苦吗？

这些，似乎和何明雅没有什么关系。

何明雅很自信，她认为自己是在不遗余力地拯救别人呢。

她还有一个朋友，因为自身的性格和际遇，突然变成了一个同性恋者。同性恋是个人的自由，不存在好与不好的问题；但是，在中国这样一个相对传统的国度里，公开自身的同性恋身份，还是被社会上的大多数人所"不容"的——在大部分人的眼里，同性恋是大大的"怪胎"！

何明雅在朋友的身上发现了"热点"。

她请朋友喝酒，鼓励她把自己的经历讲出来，既然选择了这样的生活，为什么不去勇敢地面对呢？只要你发出宣言，即代表你向世俗发起了挑战。人生不是躲避，生命不应该沉寂。她的话一定很有煽动性，抑或那名同学喝多了，头脑异常地不清醒，她毫不犹豫地答应了何明雅的请求，并颇费了一些时日，把自己的生活现状及观念公之于众，引起了社会尤其是周边人的热议。

朋友和她的亲人们均在一瞬间陷入了尴尬的境地。

经过十几年的奋斗，何明雅在松城扎下了根，有了自己的房子，似乎也有了自己的车，休息日可以外出度假，也可以躺在床上看大片；高兴了，见一见旧友；不高兴了，也可以骂骂娘，完全一副功成名就的样子，悠闲而自在。

她学会了吸烟，喝高档红酒，并且有了口头禅，她的口头禅是："这岁数了，谁不生病呢？从某种程度上讲，生病也代表着一种资本。"

这是什么意思呢？

估计一般的人是不会懂的。

工　笔

十年前的那个黄昏算一个节点。

那之前，闫桂芝一直认为自己有一个幸福的，令人羡慕的家——她自己虽然只是一个新华书店的小职员，卖书，但自己的丈夫却是小有名气的画家，在市画院工作，所谓工作和事业、爱好一致的那种，专业画家，每天除了画画就是画画，参加展览，偶尔也出去讲讲学。

更早些年，丈夫画连环画，很受出版社的欢迎。二十世纪八十年代的时候，一本连环画的稿酬两千元左右，这样的额外收入，可不是一般的家庭能比的。新华书店旁边开了一家"红房子"西餐厅，在那个年代，有几个人能去西餐厅消费？

闫桂芝成了这个城市最早的一批喝咖啡的人。

她个子高，喜欢穿风衣，扎一条米黄色的纱巾，再加上长筒靴子，也是风姿绰约。

她和丈夫有两个孩子，都是男孩。她持家，管着丈夫和孩子，对自己也不苛刻。每个周末，全家都要去外边吃一顿饭。除了红房子，还有绿房子、蓝房子，市里每开一家特色餐厅，他们全家都去品尝。

他们的生活在同事、邻居、朋友之间都成了一种标志。

就这么恩爱着，到接近退休的年纪，可谓一切都安全的时期，她发现丈夫出轨了。这个时候，他们的孩子大了，都独立了，没有后顾之忧。他们也已经购置了新房子，准备把老房子重新装修一下，然后当成丈夫的工作室，供他休养。丈夫的画有了明确的标价，两万一平尺，虽然有价无市，但身份却鲜亮亮地摆在那里。

那一天，她趁午休的时候，离开单位，开车来到老房子楼下。她买了几样东西，都在后备厢里拉着，跑了好几天，今天准备卸下来。这些东西都是买给丈夫的，大到松花石，小到笔洗，整批的宣纸，私人定制的墨块，这些，她一个人都能搬得动，她要把它们精心地安置下。

首先抱着石头上楼。

不高，二楼。

然后开门，准备换鞋。

异样出现了！

门口已经有了两双鞋——一双是丈夫的，她认识；一双是女人的鞋，跟儿特别高。丈夫的鞋是经她手买的，一眼就可辨识，另一双鞋却不是自己的。她因为个子高，为了不把丈夫比下去，从来不穿高跟鞋，所以，这双鞋是陌生的，是……她一惊之下，不敢想下去。

接下来，看见两堆衣服。

一堆是丈夫的。

另一堆是……

她的头皮一下子就炸开了！

她声嘶力竭地呼喊丈夫的名字，把丈夫赤条条地从卧室里喊了出来。那丈夫也不搭话，直接冲过来，抱起她，一起滚进另一

216

间小一点的卧室里。方厅接下来传出哗哗啦啦窸窸窣窣的声响，之后，一切归于平静。

撕扯中，她瞥见了那个女人的侧影。

似曾相识，又不能确认。

丈夫扑通一声跪在地上，一边打自己嘴巴，一边祈求她原谅。

她整个人都崩溃了。

接下来的日子，是哭，是闹，是大片大片的伤心和委屈，是瘫落一地的无助和绝望。她大病一场，头昏眼花，嘴唇、舌头都起了大疱。她持续发烧，不明原因，忽而三十七度，忽而三十九度八，低烧的时候沉默无言，高烧的时候一连声的胡话。两个儿子都吓坏了，儿媳更是六神无主，问父亲，父亲只是一脸羞愧，没有勇气道明原委。

这一病就是二十几天。

等病好，准备出院了，她问："谁？"

丈夫嗫嚅半天，不肯说出对方的姓名，只说："我错了，一切后果我承担。"

她凄苦地笑了。

丈夫以为她会提出离婚，但是，她没有。丈夫表示可以净身出户，她沉默半晌不吱声，掸掸身上并不存在的灰尘，又恢复常态似的去忙自己的事情。

一晃，她和丈夫都退休了，日子和从前一样平静。

退休之后，丈夫提出一起旅游，建议她上老年大学，当然也可以去打打麻将，跳跳广场舞，和老姐们儿做做美容……她都不置可否。就在丈夫黔驴技穷、乏善可谈时，她向丈夫提出要求，和丈夫学画画，画工笔。

这不是手掐把拿的事吗？

丈夫欣然同意。

从那以后，她师从丈夫，学工笔，专攻侍女，

画了一张一张又一张，画了一年一年又一年。从最初的狼奔豕突，到最后的画龙点睛，她的侍女图在行家眼里也称得上有格调，有品位，一般的欣赏者更是一画难求。从头到脚，从领到袖，从裳到裙，从鞋到袜，额头、眉目、口鼻、脖颈、手指、腰、足，倚楼、凭窗、回眸、凝视、俯首、昂头……笔笔周到，思路清晰。

终于有一天，画了一张像，送到装裱店里裱好，在丈夫生日那天送给丈夫；也当作“蓝宝石婚”的纪念。

结婚四十五年，他们也七十岁了。

丈夫展开画，只看一眼，就一屁股坐到椅子上。

“是她吧？”她问。

丈夫无力地点点头。

她叹了一口气，说：“画了十年，终于找到她了。”

七十岁，她和丈夫离婚了。

回 甘

这是一个小个子男人。

戴一顶白色的小圆帽，只能扣到脑瓜皮儿。人们都以为他信教，一问，不是，就是喜欢这个样式。他吸烟，一次吸一根半，整根的是"利群"，半根的是"桂花"；前者二十元一包，后者七元一包。把"桂花"一剪两截，接到"利群"上。所谓先臭后香，先苦后甜，就是这个道理。

他不喝酒，原因很简单，开车。

他有两个孩子，一个男孩，一个女孩。男孩上初中，女孩上小学。在一个学校，放学的时间段不一样。上学一起送，放学分两次接。他媳妇儿不工作，持家，管孩子学习，照顾身体不好的老人。

他开出租车，一天能挣一百多块钱。

他原来在一个文化公司上班，负责版式设计。早些年，文化公司出书，出画册，出碟，都是他设计的。文化公司挣到了钱，他挣到了工资和奖金。曾经挺辉煌。后来，公司老板转行了，做高档家具；他不懂，就离开了公司。离开公司后漂了一段日子，今天在这家干，明天在那家干，都不长久。于是，买了一辆车跑出租。

他选择出租车的主要原因是孩子，两个孩子相继长大，上学放学没辆车不行。如果买车只为了孩子，买不起，他的积蓄就那么点儿，玩儿不起这个票儿。开出租车，兼接送孩子，怎么算都合适。

他不喜欢表白，无论什么事，认准了就干，不回头。

他媳妇对他说："你说，说你爱我。"

他看媳妇一眼，继续忙自己手头的事。

媳妇说："你说！你好像从来没说过。"

他笑了，说："看行动呗。"

对儿女也是一样。儿子不在乎这些。女儿却常常撒娇，扑到爸爸怀里，用头拱他的胸脯。

"爸爸，你爱我吗？"女儿问。

他笑。

女儿说："你说！说你爱我。"

他用胳膊用力夹一下女儿，说："看行动。"

女儿不干，缠着他："你说！"

他刚要张口，儿子跑过来解围："咱爸说了，挂在嘴边儿的话，不当饭吃。"

他笑了。

他是一个没有感情的人？

好像不能这么说。

现在，城市里流浪猫、流浪狗多，紧随着，爱心人士也多了起来。小区里、公园里、河坝上，到处都有人带着狗粮、猫粮，带着罐头、牛奶，救助小动物。固定投食的，热衷领养的，主动掏钱的，积极宣传的，各人尽着自己的办法，把温暖送到各个角落。

他没有这个能力，就救助花草。

有许多人"叶公好龙"，看别人养花，他也养，殊不知养花也需要尽力。你不善待它，它绝对给你摆个臭脸。生病，长虫子，烂根掉叶，蔫头耷脑，完全失去了茂盛的样子。接下来的事情可以想见，这些叶公好龙的人绝不会全力救治，而一定是连花带盆一弃了之。当然，如果盆好看，值几个钱，他们就留盆不留花，将花连根拔起，随手往垃圾箱里一丢。

他统计过，被遗弃的花以虎皮兰最常见，其次有刺梅、对儿红、灯笼花、仙人球等。他见到了，都捡回家去。有盆的固然好，没盆的去早市，买二手花盆，便宜又实用。因为要养这些花，他买了几本书，有空就翻一翻、记一记，把学到的本事用在花上。很快就见了效果。慢慢地，他家快成花园了。窗台上、柜子上、茶几上、冰箱上，喜阳的放在南面，喜阴的放在北面，喜水的放在低处，耐旱的放在高处。推门进屋，一派盎然。

他媳妇逗他："你爱花吗？"

他不吱声，只是手中的剪子或铲子并不停歇。

媳妇说了："人家说，花也爱听好听的话，你常说'我爱你''我喜欢你'，它们就开心地长。"

儿子和女儿抢着去开录音机——老式的，有年头了，等音乐一响，便补充一句："挂在嘴边的话不当饭吃。"

想想也真是。

他也知道花草听了音乐心情会好，于是，去跳蚤市场花二十块钱买的这台两个喇叭的录音机。

除了开车接送孩子，救助花草，他没有什么更辉煌的事吗？

也有吧。

他上艺术中专时的一个老师找他帮着干了一个活儿，为一家西餐厅做内饰。他跟着干完了，分了五万块钱。他媳妇动心了，让他去和老师说，能不能去老师的公司上班。他摇头，说："不能。"

道理很简单，如果能去上班，老师早就找他了。

这个内饰的活儿，老师是临时抓不到可靠的人。

拿到五万块钱那天，他拉着媳妇、俩孩子一起去银行存钱，然后去"大草原"吃了一顿火锅。大草原的生意火，吃饭得排队。那一天，他们前边排了六十多个号，但他们一家坐在那里，等了足足一个半小时。

看着娘仁吃得兴高采烈，他抽了一根烟。

是一根，而不是一根半。

如 丝

何玉莲生在这样一个家庭里。

她爸爸是情报研究所的俄语翻译，译笔精致，不但译笔好，口语也是一流；省里接待外宾，时常找他随行。屠格涅夫的《猎人笔记》《烟》《阿霞》《初恋》《父与子》《前夜》，他都翻译过，但没有机会出版。她的母亲是中学教师，原来是非常优秀的班主任，教语文，也可以教历史，后来只教科任了，再后来就边缘化了，变成了祥林嫂似的、嘴碎的家庭妇女。

这是有原因的。

何玉莲的大哥叫何玉刚，是个弱智，说弱智是歧视，严格的说法应该是智力障碍。生下来的时候，八斤二两，白胖白胖的，一家人高兴得什么似的。可是随着年龄的增长，问题出现了，何玉刚能吃能喝能睡，就是不能说话。再大一点儿去医院查，查出智力障碍。何玉莲的爸爸妈妈年轻，并不绝望，努力治，努力教，各种努力到了尽头，其大哥也只认家人，会说"啊——啊——爸爸""啊——啊——妈妈"；只会做一件事，寻一根筷子长短的东西——主要是筷子，其次是树枝、草棍儿、8号电线，等等——放到嘴里，上下左右搅动，发出"嘶嘶嘶""吱吱吱""吃吃吃""呜呜呜"的声响，然后放声狂笑。

那时，何玉莲的爸爸已经翻译完《初恋》《父与子》。

后来，又有了她二哥。

上帝弄人，二哥脑瘫，脑内积水无法排除。二哥从生下来就一直把头歪在妈妈的肩头，不需要多长时间，妈妈肩头垫着的毛巾就被口水涸湿了。二哥就是一块一天一天长大的肉，从妈妈能抱动，到坐婴儿车，再到躺在一辆特制的铁轱辘车里。就那么胎胎歪歪地"放"着。

于是，场景是这样的。在家属楼宽大的院子里，太阳白炽炽地照着，水泥地都生出淡淡的紫烟。何玉莲的妈妈领着何玉刚，坐在几块预制板上；他们面前是一辆铁轱辘车，里边躺着她的二哥何玉铁；他们的妈妈，兀自讲着《木偶奇遇记》的故事，讲着讲着，突然站起来，指着天空说："老天爷，你撒谎了，你不怕你的鼻子变长吗？"

何玉莲的妈妈见到谁都会热情地打招呼，和人讲述她和两个孩子星星点点的进步。有耐心、有同情心的人就站下脚步，凑到车前看看，伸手拍拍何玉铁的脸。也有实在太忙的人，就一边招手一边快步地离开。

这时，何玉莲的爸爸开始翻译《猎人笔记》。他学会了吸烟，只要坐到桌子前，就一支接一支地抽，从不熄火。

后来，就有了何玉莲。何玉莲来的时候，她爸爸是做过痛苦的抉择的，他不同意要，动员妻子打掉，可是妻子说什么也不同意，一心要把这个孩子生下来。妻子从早到晚一刻不停地说，说理由，也是希望，最多的，是一个词：万一。

"我们总要有一个健康的孩子，不然我们怎么办？刚和铁怎么办？"

沙梅
的
夜航

何玉莲一出生就承担了巨大的责任和义务。

十月怀胎，一朝分娩。

何玉莲出生了，是个健康的孩子。

在抚育这个孩子的过程中，这个家庭难得地有了笑声。何玉莲的爸爸迅速地翻译了《烟》《阿霞》《前夜》。何玉莲的妈妈再坐到预制板上的时候，更多地向邻居们展示她的女儿。头发微黄，有自来卷，皮肤白皙，仿佛能掐出水来。瞳仁微蓝，牙齿白得像珍珠。

他们笑。

可邻居听那笑声像锋利的刀子，能把人心割出血来。

渐渐长大，何玉莲也发现，这个家和别人的家不同，她的爸爸妈妈没有朋友，也从来没有人来他们家做客。爸爸不爱说话，只要坐到桌子前，就吸烟、翻译书稿。妈妈一天到晚说个不停，说何玉刚，说何玉铁，说他们的生活细节，也说何玉莲，说这个家的善终。

没有更多的解释。

也不像人们想象的那么复杂。

何玉莲长大了，读小学，读中学，读中专——护理专业。除了翻译，继承了爸爸的一切生活习性，沉默、吸烟，一支接一支，一旦点燃，从不熄灭。她没有朋友，不与人交谈，别人也远离她，把她当成一块冰冷的冰。起初，还有一个男孩一直追她，一直追随她，但是到了四十二岁，终于和一个法国姑娘结婚了，去了国外，从此再无联系。

如果说何玉莲有什么爱好，那就是跑步，早晨跑，晚上跑，从二百米到四百米，从四百米到八百米，从八百米到一千五百米，从一千五百米到三千米，从三千米到五千米，从五千米到一万米，从一万米到十五公里、二十公里，到"全马"。她毕业后去了一家医院当护士，干了几年，辞了，自己开了一家医疗器械商店。

情报研究所家属楼建成早，号称八百米。她家住一楼。家属楼是老式的建筑结构，中间楼梯，两边各开三户，一共四层。住房改革后，她先把一楼全都买了下来。她的商店就开在一楼。后来买了二楼、三楼、四楼，除了二层的左三户自己家住，其他的，开了敬老院。

她的生活就是这样!

先是二哥死了，她发丧了；之后，她妈妈去世了，她发丧了——妈妈去世前依然不停地说，说不动了，闭了眼；之后是她大哥死了，她发丧了。

紧接着，是她爸爸。

她爸爸临了，问她一句话："我那些翻译稿能出版吗？"

这时，何玉莲已经五十八岁了。

给爸爸办完丧事，她一个人坐在房子里，空空荡荡的，每个房间都一样。爸爸妈妈的，两个哥哥的，她自己的，都和医院的布置没有什么两样。

她找了一个洗脸盆，把爸爸的手稿连同俄文原版，一页一页地烧了。

灯光下，她看自己的身影。

像一根又细又长的绳子。

形 式

徐骁原来在省科协工作，他是个什么样的人呢？方头大脸，眉重目大，鼻直口阔，腮帮子好像坠了两块铁。他爱人——前妻——是和他同期毕业的大学生，形象和他正相反，头发稀少，尖下颏，眉毛淡得看不见，细目，嘴唇也是薄薄的。徐骁好动，他爱人——前妻——好静，他们是怎么恋爱的，谁也不知道。

但是，他们结婚了。

徐骁是科协的运动健将，他所在的普及部，年年运动会都能拿系统第一。徐骁说话、走路、吃饭都是运动型的，有力量，有节奏，包括喝酒，只要发令枪一响，他总是第一个干杯。

他爱人——前妻——总跟在他的身后。

跑步、做单双杠、踢球、滑雪，他都是把衣服一脱，随手一丢，就全身心地投入每一个技术细节里。而她则在他的屁股后边，有条不紊地收拾他的东西，一板一眼地叠好，整整齐齐地放在身边。

从来不多说一句话。

徐骁很享受。

也慢慢地习惯了这样的生活。

后来，徐骁调工作了。他嗓门洪亮，雷厉风行，不知怎的，体育局相中了他，调他去体育局工作，在办公室当主任。体育局的人里边有许多是运动员退役后分来的，都很喜欢徐骁，玩能玩到一起，喝能喝到一起，喝多了，动了拳脚，第二天拍拍肩膀，还是哥们儿。

敬红就是运动员，掷铅球的，人长得又黑又胖，两条胳膊比一般女人的腿都粗。她和徐骁长得太像了，方头大脸，眉重目大，鼻直口阔，腮帮子好像坠了两块铁。

办公室中午没事，就掰腕子。

号称"铁腕"的徐骁，第一次就被敬红不由分说地按倒了。

他想反转，绝无可能。

有一年，体育局元旦联欢，联欢结束后，意犹未尽的一群人跑到酒吧喝酒，喝得兴起，就开始比赛，叫号，怂恿，呼喊声此起彼伏。一条十米长的桌子，一边放二十几个扎啤杯，一人把一头，看谁先喝完。敬红就找到了徐骁，撸胳膊挽袖子，吹胡子瞪眼，一二三，起杯！

结果徐骁又输了。

敬红先喝到一头，端着最后一杯等他，等他喝到近前，很自然地走过去，端杯的手从他胳膊中间穿插，满满一个交杯。

大家就起哄，说他俩有夫妻相。

"夫妻相！"

"绝对！"

就这么吵着、闹着，都喝多了。

他们是怎么去宾馆开的房，又是怎么睡到一起的，他们自己说不清楚，别人更说不清楚。第二天早晨醒来，徐骁一下子就傻了。敬红坐在他身边，铁姑娘竟然哭花了脸。床单上见了红，敬

沙梅的夜航

红竟然还是个处女。

"我们……"徐骁想说什么。

可敬红一把把他推下床，顺手一扯，拎着床单去了卫生间。水龙头流水哗啦啦地响，徐骁的大脑像涨潮了一样。他断片儿了，什么也回忆不起来，影像定格在交杯酒上，那以后全是黑屏。

"我们……"徐骁还想说什么。

"我们结婚！"敬红说话像掷铅球一样。

"我怎么办？"徐骁问。

"离婚！"

这事就这么定了。没有商量的余地。

徐骁这个运动健将第一次缺失了运动细胞，他回到家中，一反常态，扭扭捏捏，欲言又止，左右为难。他爱人——前妻——问他怎么了，是不是哪儿不舒服，还是单位有什么事，要不老家那边有什么变故，还是哪位朋友伸手借钱。问了一溜十三遭，就是没往那事上想。

结果徐骁一咬牙，实话实说。

他爱人——前妻——坐在那里，半天不说话。临了，起身给他收拾东西，一个拉杆箱，内裤、袜子、背心、衬衣，都一件一件叠整齐，横竖摆好，最后一拉拉锁，说了句："走吧。"

徐骁像每次出差一样，净身出户了。

徐骁和敬红结婚了。他的性情大变，脸变长了，眉毛淡了，眼睛变小了，鼻子不知为什么也有点歪了，嘴唇也变薄了，腮帮子上的铁块自然没有了，变成两块海绵。他也不愿意运动了，每逢敬红参加什么活动——她还是老样子，衣服一脱，随手一丢，就全身心地投入每个技术细节里。而他跟在她身后，有条不紊地收拾她的东西，一板一眼地叠好，整整齐齐地放在身边。

从来不多说一句话。

就这么过了几年，敬红突然受不了他了。

她说："你原来那个愣式劲儿哪去了？怎么一天到晚跟个娘们儿似的？"

徐骁又离婚了。

他蹲在那里收拾自己的东西，内裤、袜子、背心、衬衣，都一件一件叠整齐，正准备横竖摆好，敬红冲了过来，把这些东西拢到一处，胡乱往箱子里一塞，说："有那个必要吗？真磨叽！"

徐骁拉着一箱乱糟糟的东西，又一次净身出户了。

天　鹅

霜降，二十四节气里的第十八个节气，秋日即尽，冬将来临。每逢这个时季，医院神经内科都显得格外拥挤、繁忙，气候转冷，患有心脑血管疾病的北方人都格外小心，因为气温的骤降，会引发很多问题，所以，新患旧患们拥到医院，预防的预防，治疗的治疗，百米走廊熙熙攘攘，问答杂乱，不绝于耳。

老愚是一个老糖尿病患者，并发症导致双视肌经神经麻痹，眼睛出现复视，看什么东西都是双影。他入住神经内科，打针吃药，既感慨自己的痛苦，也同情别人的艰难，自己的痛苦可以按下不表，别人的哀伤却历历在目。在这个科室里，脑血栓的患者居多，他们轻者尚可歪头斜身和命运较劲，重者卧床，手脚僵化，口不能言，受神经的影响，更有的人喜怒不能自控，高兴时哭，难受时笑，因表达不至而脸红脖子粗的也大有人在。

这是上帝弄人的又一番景像。

老愚入院的第二天，即听到走廊里有呵斥之声。

临床的一位大姐说，那是一个女孩在"教导"自己的母亲。她们的情况大抵如此——母亲患病，半身不遂，可以"提篮"颤颤巍巍自理，嘴里却说不清楚一句完整的话。女儿离得远，得知母亲病了，特意千里迢迢奔来侍母，不可谓不孝。这个母亲似乎有一个毛病，只要女儿不在跟前——可能去卫生间，可能去交费，

231

可能去打饭，也可能正和哥哥通电话，她就挣扎着下地，一心往门外奔，谁劝也不听。

很多次了。

女儿很是着急。

最初发生这样的事，女儿也是和颜悦色，苦口婆心，可是作用不大。女儿说话，母亲从不反驳，女儿的声音高了，她就自知理亏似的低下满是白发的头。

老愚一问，那母亲也是八十几岁的人了，来陪她的，是她的小女儿。小女儿游学国外，很少回家，母亲这次病了，她特意安排掉手边的事务，日夜兼程地赶回来。

女儿说话声音高，语速急，听出声调里有怒气，有埋怨，却听不太清她讲了什么。出于礼貌，老愚没有像同室的大姐那样趴在门口张望，却也对这一幕格外关注。

又隔了一天，老愚对医院的环境熟悉了许多，人也得到了一些自由，借着检查或上卫生间的机会，可以窥视其他病室的状况，饭后散步的时候，也可以和病友及陪护们打打招呼，闲聊两句。

那是晚上八点多钟，他终于碰到了那对母女。

在外边，八点钟正是黄金时间，可是在医院里，八点一到，大部分人——无论是患者还是陪护——已经上床了，疾病缠身，漫漫长夜较一般时候也开始得早些。

走廊里没有人，那对母女一坐一立，灯影下无限地放大着身姿。

母亲坐在凳子上，听凭女儿"处置"，她的头略低，眼睛却焦急又热烈地望向走廊的尽头。那走廊的尽头是男卫生间，卫生间对面是一间最大的病室。母亲穿着病号服，一言不发；她的一只手死抠着墙棱，随时都准备发力站起来。女儿是个小个子，短头发，戴着眼镜，说话的声音尖尖的，略有一点刺耳。

她说："你为什么不听话啊？"一语既出，她就哭了，"你知道我多不容易吗？我跑那么远回来照顾你，你为什么这么不让我省心？你总自己走，走，走，走，你要干什么啊？你万一再摔倒了，严重了，我可怎么办啊？"她一贯地问下去，并不期待母亲的回答。

对于她的批评，对于她的气愤，显然也包括那份担心和爱护，这位母亲也不是完全无动于衷，她抬眼看着女儿，伸不开手指的手向里边指着，似乎向她解释着什么。

走廊的尽头是窗，窗外华灯正放，车马的喧闹声清晰可辨。立体而鲜活的现实更加刺激了女儿，她的肩头耸动得更厉害了。

也许她们的声音过大，护士过来干涉了，她们踉踉跄跄地回去，她们坐过的地方一下子变得十分安静。

老愚无奈地摇头，心底五味杂陈。

余下的日子里，那女儿的声音又在走廊里响起过两次，大家对她们的故事已不再感到新鲜，很快就视而不见、充耳不闻了。

老愚却一直关注着她们。

那是一个周末的晚上，老愚偷偷跑去卫生间吸烟，正抽到一半的时候，那对母女的矛盾升级了。母亲又自己偷偷地跑出来，身子紧贴着墙壁，双手死死地抓住走廊一侧的扶手。她的嘴里啊啊着，头固执地朝向一侧——走廊的尽头，任凭女儿发脾气也好，大声责怪也好，哭着劝慰也好，总之，她就是不回去，死命地倾斜着自己。经过多日的治疗，她的情况好转，意识也更为清晰，她以摇头对抗着女儿，泪水从眼眶里奔涌而出。

"你要干什么呀？"女儿哭喊着。

母亲的身体像一支开了弓的箭！

这件事一定是惊动了老人的儿子和儿媳。

那女儿的哥哥和嫂子急匆匆地赶过来了。

儿子跑得快，加了油的坦克一样冲在前面。他一定是很着急很生气的，你看他的脸涨红涨红的，眼镜的边缘也已经哈上了热气。他迅跑着，急停在母亲和妹妹的跟前。

他真想说点什么。

可是，他能说什么？

他只看了一眼，就已经恍然大悟。他低声对妹妹说："你让妈过去吧，咱爸就是在那间病房里去世的。"

张牡丹

他叫张牡丹，是个鳏夫。张牡丹是外号，他有一个非常稳重的大名：张瑜仲。

张瑜仲退休前在《松城科技报》工作，文字编辑。"科学诗"风行的时候，他也学着写写科学诗，发在自己编辑的报纸上。那时报纸有副刊，副刊发一些与科学有关的诗文。张瑜仲因此也有了点名气。因为那个年代报纸很多，各行各业都办报，《卫生报》《环境报》《法制报》《农民报》《工人报》《青年报》《妇女报》，热火朝天。张瑜仲发表了不少科学诗。

张瑜仲喜欢"周氏三兄弟"，尤其喜欢周建人。周建人的科普小品，他只要发现了，就一定剪裁下来，贴在一个大本子上。渐渐成册，像一本庄重的大书一样。

大书在案头上铺排开，他用手"逼"着那些文字。

"普通狗的脸有点儿像粽子，但也有'凹脸塌鼻头'，好像要装作狮子脸，然而又不像。"

高声读完了，还不忘加一句："这文字多干净。"评价完，又若有所思地自言自语，"鲁迅先生的《"丧家的""资本家的乏走狗"》，如果加上这么一句，应该更精彩。"

他很为自己的联想而得意。

张瑜仲是个文字编辑，但他也画画。

画牡丹。

用毛笔蘸上白，然后再在笔尖上蘸上红，宣纸上一拧，半个花瓣出来了。这是画红牡丹。画黑牡丹也是一样，不过是把红换成黑。他只画红牡丹和黑牡丹，痴了一般。

黑牡丹好看吗？

如果有人质疑，他就会把笔往架山上一放，一双手互相搓一搓，不冷不热地说："黑牡丹并非纯黑，好品种多了。乌龙卧墨池、青龙卧墨池、冠世墨玉、烟绒紫……您恐怕见都没见过。"

在这里，"您"绝不是尊称，而是带着一种云淡风轻的蔑视。

每年的五月，松城牡丹园里的牡丹会怒放，张瑜仲就会去写生。骑自行车——后来骑电动车——从家里出来，一路下坡，直到公园门口。他背一个木箱子，里边是文房四宝；又背上画夹子；在腋下夹个小板凳，不紧不慢地隐入百花深处。他并不着急画，到了合适的地方，把东西安置好，然后在园子里走一圈。

这是个美丽的园子。

他很喜欢。

园门是开放的，面朝一整条大街。园内有一湾湖水，微风一来，水面泛起细细的皱纹。西侧的木桥下有一丛芦苇，秋天生出簇簇芦花；春天的时候却只嫩绿一片，叶子包着另一片叶子。蝴蝶刚刚蛹化成，翅膀还很弱的样子，它们也懂得御着风飞，风略一急，它们就附着在一大片花瓣的下边。

张瑜仲看着这些景物，心里一动一动的。

每年春天画牡丹，都是他用神最专注的日子。

松城牡丹的牡丹有一万余株，近三百个品种，他哪一个品种都会画到。牡丹的花期短——仅十天，尤其在松城这样的北方城市。所以，张瑜仲画得很辛苦。每天天一亮就入园，转完了之后就开画。中午简餐，几片面包，一瓶牛奶。下午接着画，天黑了才回去。

一天至少要画三十张，可他有条不紊。

张瑜仲是一个慷慨的人，他能帮忙的地方，只要能力允许，都帮。人、钱、物，绝不吝啬。"物"中有一样东西不行，那就是他画的牡丹。他入手画牡丹，一晃也四十年了，功力不浅。艺术学院、师大美术系、画院、文联都请他去讲课，他讲得很好，也很受欢迎。学生们更喜欢看他画，一只大斗，粗枝大叶，叶脉花蕊，皆出细节。就算一片叶子要落，他也能把那个状态处理得细致又逼真。

就那片叶子，只能看，不能碰，仿佛一碰就会落下来。

真绝。

他讲课不收讲课费，六千，三千，两千，一千，他都是分毫不取，只尽义务。大家过意不去，他就勉为其难地说："那就送刀纸吧，当衣裳了。"

纸能当衣服，也仅是在他这里的说法。

有一家画廊见他的牡丹好，就想收购。

他们来到张瑜仲的住所，看到一墙一地一桌一床一箱一柜的牡丹，啧啧惊叹。画有百幅千幅，却风姿不同，红的迎风，黑的照水，你若能喊出名字，那花就能娇滴滴地回答你。

他们谈收购，买断的那种。

张瑜仲说："不卖。"

来人说："张先生，价格不低了，仅这一笔，就够你换套大房子了。"

张瑜仲说："不卖您。"

"这又是为什么呢？"来人不解。

张瑜仲说："你如果是个爷们儿，卖房卖地，有卖妻女的吗？"

张瑜仲的媳妇，生得美，只可惜生女儿那年，大出血，死了。媳妇的外号叫红牡丹。他的女儿随媳妇，兼有他的优点，更美。外号黑牡丹。到了恋爱的年纪，遇人不淑，一口气滞在那，吃药，也死了。

丢下张瑜仲一个人！

弹子球

李奎胜是一个散淡的人，但干事认真。

他在一个区的教师进修学院当老师，负责培训全区的一线教师。他也编辑辅助教材，主要是古诗文方面的。中学课本上的每一篇古诗文，他都烂熟于胸，一字一句，倒背如流。这已经够厉害了。但他不满足。所谓艺无止境，就是要不断地钻研。

比如《逍遥游》出自《庄子》，他就把《庄子》中重要的篇什都注释、背诵下来，互相佐证，力求通达。又如《项羽本纪》出自《史记》，他也一样，找来《史记》，一头扎进去，夏天把两只脚放到冷水盆里，冬天披条毯子，一张炕桌，一盏台灯，能把屁股坐出水疱来。

他讲古文，行云流水，张口即来，来者不拒，据理力争，争分夺秒，一点儿水分也没有，全是干货。他讲《垓下之围》一节时，可以拍案大呼；讲《闻官军收河南河北》，能在大礼堂上下游走，挥臂如旗，至"白日放歌须纵酒，青春作伴好还乡"，竟热泪奔突。

他有一个二女儿，一出生就被姥姥抱走了。他的妻子乳腺炎，加之产后抑郁，不能哺育，他出于无奈，将祖孙二人送上火车。二女儿一共在姥姥那里生活了十四年，他内疚了十四年。路途迢迢，思念不可速递，他就每月给女儿寄东西，伏在邮局的

239

柜台上，一笔一画地写地址。寄瓜子仁儿，均由他一颗一颗地剥好；寄麻糖，他亲手架锅熬制；寄葡萄干——他自己种了一棵葡萄树，都是他择日晾晒。他还能做腊肉。码砖头，烧稻草，精心熏出两条，一条留给妻子、大女儿、小女儿吃，另一条专门寄给二女儿和岳母。

小女儿跟他去邮局，扯着布口袋左看右看。

"看啥呢？"他问。

"看口袋，太小了。"小女儿说。

他把腊肉装进去："不小。"

"小。"小女儿说，

"明明不小啊！"他蹲下身子，盯着小女儿的脸。

小女儿指着口袋说："要能把我装里边就好了。"

"为什么呢？"他问。

"那样，我就能和姥姥还有二姐一起吃肉了。"小女儿说。

"家里也有啊。"

"三个人吃和四个人吃能一样吗？"小女儿有点儿遗憾。

他有点儿心酸，又哭笑不得。

回去的路上，他在副食店给小女儿买了一颗糖，不料小女儿只咬了一半儿。

他不解。

小女儿说："给二姐留着。"

这一回，泪水止不住，他将小女儿往怀里一紧，把眼泪擦在她的衣服上。

他给二女儿寄了无数的东西，二女儿回报给他什么呢？每到秋天，二女儿都会和姥姥去山上捡烟。烟地收烟了，秆子壮的八片叶，秆子弱的七片叶，咋收也有遗漏。她们就捡那些掉下车的、破损的，回来架在木杆子上，等日头爷把水分收干。

他抽一袋二女儿寄来的烟，心里舒展。

他住的地方有一个不大的院子。他精心规划。靠西墙根儿种了一棵葡萄，靠东墙砌了一个鱼池。他养金鱼，多的时候几百条。他养的金鱼都是那些淘气的学生送来的，什么品种都有。他还在院子里放了一桌、一椅，用来喝茶。摇蒲扇，抽烟，也翻书。困了就靠在那里睡一觉，有时一梦醒来，月亮已经爬上柳树梢了。

十四岁时，二女儿从姥姥那里回来了。

她的记忆力随父亲，或者说强学博记的态度和习惯随父亲。

她常和父亲做一种游戏。

李奎胜拿着一本《楚辞选》，问二女儿："《离骚》能背吗？"

二女儿说："能背片段。"

他说："背全文。"

二女儿摇摇头："太难。"

他说："一周时间，背下来，给你一百块钱，提前一天加十块。"

结果，二女儿用三天就背完了。一字不差，包括通假字。

李奎胜背着手，竖着耳朵听，开篇几句，听见二女儿把"锡"直接背成了"赐"，点点头，放心了。

三天，二女儿的私房钱里多了一百四十元。

在别人眼里，李奎胜的一生并不辉煌。教书虽然教得不错，但充其量是孩子王，或者说孩子王中的王。似乎不值一提。还有，他顾家。护妻子，护犊子，把妻子、女儿搂在自己的翅膀根儿下，看护得小心又周到。不但护犊子，他的葡萄，他的金鱼，他都护。邻居的鸡飞到院子里来偷鱼，他拿个竹竿子，把鸡撵得四下飞。

除了这些还有什么？

他小的时候在河北大院住。他们那条街上，有日本人开的精米行，有朝鲜人学徒的杂货铺，是个热闹所在。河北大院里住的乐亭人多。他们的邻居有日本人，有朝鲜人。他们的孩子也在一起玩，彼此打闹，今天好得搂脖抱腰，明天打得鼻青脸肿，但终归也留下一些不能磨灭的记忆，想撕也撕不掉。

李奎胜和一个日本孩子、一个朝鲜孩子结下友谊，他们三个心里没有什么国界之分。

1946年的春天，松城风大，日本孩子和朝鲜孩子都要和他们的父母回国。三个孩子在河北大院门口的大榆树下埋了三个弹子球。

他们约好，有一天如果再见面，一起把弹子球挖出来。

可是他们一直也没有再见。

李奎胜守信用。

八十四岁那年，他自觉不好，就伏案写了一封信，装在一个小铁盒里。他让二女儿陪他去河北大院——院子没了，大榆树还在，把信埋在粗壮的树根下。

他很想把那三个弹子球挖出来看看。

又一想，算了。挖它干什么呢？埋着更好，正好。

周　正

这个人就叫周正，人长得周正，办事也周正。

他父母都在冶金研究所工作，是技术人员，从小就要求周正"老老实实做人，认认真真做事"。这一点他做到了。

上小学的时候，一群孩子跑去电车公司的仓库偷铁。偷铁卖钱。平时可以买冰棍儿，如果攒下来，过年买鞭炮。七八个孩子互相壮胆，翻墙就进去了。大家知道他老实认真，就让他"望风"，如果仓库保管员什么的来了，就通知大家。没和他说偷铁的事，说了他不能去；只说找螺丝钉，为班级修理桌子腿、凳子腿。他很积极，参加了。结果，保卫科的人从另一条路接近仓库，那群孩子轰的一声跑了。

他没跑。

被抓住了。

本来已经逃脱的一干人，纷纷落网。

在那些孩子的概念里，他有一万个理由脱身，并保护大家安全。但是，他不会撒谎，老老实实地交代了事情的经过。

从小学到中学，这样的事情发生了太多，他被同学孤立不足为奇。

周正大学毕业后，分到科协工作，作为新分来的大学生，多要跟着前辈下到基层历练。他也不例外。到新单位不久，他陪一位前辈出差；说是前辈，实际上不比他大多少，年富力强的后备力量，前途看好。

他们下到东部山区，工作处理得非常顺利。

基层的同事很热情，特意安排出半天时间，去当地新开发的旅游区转转。这个旅游区之所以被当地开发，源于它有一座寺庙，已存立百年，据说是一个比丘尼万里化缘，一砖一瓦地把它盖起来的。信众被这个比丘尼感化，都来庙里烧香。比丘尼圆寂后炼出舍利，这座庙的名气就更大了。

这座庙名为正化寺。

路上他们还在议论，尼姑修行的地方应该叫庵啊，为什么叫寺呢？

周正的母亲信佛，所以他对这方面的事情懂一些，就主动出来解释。

他先说庵。

"古时候有一种草，叫庵闾，枯死之后可以盖房。僧人们在山里盖住所，多用这种草，所谓结草为庵。只是到了汉代，建了许多供尼姑居住的庵堂，所以才有了尼姑庵一说。"

后说寺。

"《说文解字》里的'寺'解释为'廷'，也即指宫廷的侍卫人员。后来演化，寺人的官署也被称为寺。在梵语中，寺叫僧伽蓝摩，意思是僧众所住的园林。"

意思是说，从根儿上讲，没规定尼姑的修行地就得叫庵。

他的一番解释，让大家长了知识，也拉近了他和前辈的关系。

前辈觉得他可信任。

沙梅
的
夜航

都说正化寺许愿灵验，前辈就上了一炷香，磕了三个头。他母亲身体不好，他在佛前祈求，让母亲的病快点儿好起来。

下山的时候，他对周正说："按说我是无神论者，不应该信神佛的。"

这句话像一句名言，不知怎么就刻入了周正的脑海里。

过了一年多，这位前辈有了升迁的机会，有关部门下来考核，知道周正和前辈关系不错，就特意找他谈话，谈谈他对前辈的印象。周正的确说了前辈很多优点，他也希望前辈能顺利地去新岗位工作。可是，当人家问他对前辈有没有什么意见或建议时，他毫不犹豫地把前辈在山上拜佛这件事讲了。

本来对方已经把笔帽盖上，准备结束谈话，听了他这条意见，眉头不由一皱，抬头看了他一眼。

接下来的事情可想而知，前辈升迁的事黄了。

周正结婚了，妻子是父母同事的女儿。对方父母看重的是他的家庭，也知道周正老实可靠，把女儿嫁过去，不会出现什么不稳定因素。本来也是这样。一个上班，出家门，下班就回家的男人，会有什么不稳定因素呢？

他们忽略了一点。

人都是有思想的，他的思维是自由的。

小两口婚后也恩爱，干什么都在一起。

有一天晚上上床早，一番云雨之后，妻子偎在他的怀里问："你外边会不会有别的女人？"

"不会？"他回答得很坚决。

"那你会不会想其他女人？"妻子问。

"会。"他的回答很干脆。

"那你都想过谁？"妻子问。

他说出了一大串名字。

妻子翻身而起，在黑暗中瞠目叱之："都想啥了？"

周正说了一堆女人的器官。

妻子坐在那儿半天不吱声。

"咋了？"周正问。

"你倒是挺诚实。可是……"妻子的声音里带着哭腔儿，"可是，我听着，咋这么他妈来气呢！"

流　转

教书匠李奎胜不仅是一个散淡的人，还是个条理分明的好丈夫、好父亲。

他有一个学生特别淘，可是他看好他。

这个学生喜欢植物，每天背个标本夹子四处跑。他去老虎公园——松城市的一个废弃多年的公园；也去南湖——它的北面是针阔混交林；当然也去师大校园，那里有一片试验田，齐整整的一亩麦子。他喜欢躺在麦地旁边的小道上，看阳光照射着麦芒的样子。

李奎胜问他："你喜欢做标本？"

那个淘学生点点头。

"你的标本脱水不好。"李奎胜说。

淘学生点头。他的父亲是一位科普作家，据说是高士其的学生，现在做农业科普，淘学生的兴趣、爱好就是从这儿来的。

淘学生说："我爸有脱水纸，可是，他不让我用。"

李奎胜笑了。

他似乎有办法。

淘学生有点儿渴望地看着他。

他问："你家有废报纸吗？"

"不缺。"

“拿来。”

李奎胜带着淘学生一起制标本。

他特意挖来全株的荠荠菜，用棉球除灰之后，把它夹在两沓报纸中间。头一晚定型，第二天整形，把没捋顺的茎、叶捋顺，然后压实。他有三卷本的《大辞海》，够分量，压在报纸上。又搬来腌酸菜用的青石板，增加重量。他做得很仔细。荠荠菜的茎、叶、花都好办，唯有根难处理。他有办法——用刻刀依着根的走向，把报纸挖掉一部分，这样就不影响其他部分的平整。

一次性脱水，干净、利落。

半个月后，他们一起搬走石头，把《大辞海》归到书架上，再小心地把报纸打开。看看吧！一个完整的荠荠菜标本做成了，和长在地上一样。

这标本做得真好！

三十年过去了，淘小子已经长到了李奎胜带他做标本时的年龄，他双手托着那个标本对儿子说：“你姥爷教我做的。试试，叶子依然柔软，有弹性。”他轻轻摇晃，说，“不碎，不裂。”

李奎胜的妻子身体不好，他的二女儿从小就被姥姥抱走了。一走十四年，李奎胜总觉得自己亏欠二女儿很多。

他希望她一辈子都好！

他和淘小子去采集车前子。

他就振衣而歌——“采采芣苢，薄言采之。采采芣苢，薄言有之。采采芣苢，薄言掇之。采采芣苢，薄言捋之。采采芣苢，薄言袺之。采采芣苢，薄言襭之。”

淘小子受到感染，就学着喜鹊飞。

他们还去过净月潭采集苍耳，苍耳俗名叫老苍子。那一次，是带着二女儿一起去的，他们仨骑着两辆自行车，骑行了两个多小时，才来到那个幽深的大潭边。他让二女儿背《卷耳》，他则大声唱和。

淘小子到什么时候都记得李奎胜那苍劲的声音。

他唱："采呀采呀采卷耳呀，半天不满一小筐。我啊思念心上人，菜筐丢在大道旁。攀上了高高的土山岗，马儿足疲神颓丧。且先斟满金壶酒，为我离思与忧伤。登上高高的山梁，马儿腿软已迷茫。且先斟满大杯酒，免我心中常悲凉。艰难攀登乱石岗，马儿累倒在一旁。仆人精疲力又竭。愁思无奈系心上。"

淘小子第一次那么剔透地理解了思念的滋味。

淘小子爱上了李奎胜的二女儿，他们彼此很珍惜这段不易的姻缘。

夫妻总有怄气的时候，他们一旦生气了、拌嘴了，就想一想李奎胜，只要一想李奎胜，气就消了，主动道歉和解了。

去净月潭那次，淘小子又知道，李奎胜是一个钓鱼的高手。

李奎胜和二女儿商量："要不咱们晚上吃鱼？"

二女儿笑着点点头。

他就从上衣口袋里找出一根缝衣服用的针，火柴烧热之后，弯一个钩。他又去山根下的泥土里挖了两条蚯蚓，揪成段，别到弯钩上。一条渔线从针鼻儿穿过去，另一端系在一节树棍上。

他站在潭边，把渔线抛进水里。

淘小子忘记了那简单的鱼钩上系没系铅坠和漂。

反正，李奎胜就那么站着，一手叉腰，一手自然地下垂，不到一袋烟的工夫，一条白亮亮的鱼随着他的身形上了岸。李奎胜的动作又协调又好看，像登台多年的舞蹈演员。

从二女儿口中得知，她母亲年轻的时候得过肺结核，家里困难，提供不了更多的营养，她父亲李奎胜就上甸子抓兔子，下河摸鱼，随手什么家什，都能成为他为妻子续命的工具。

晚上就留淘小子在家吃鱼。

淘小子看李奎胜喝酒，也想沾一沾。

李奎胜说："在我们家，想多得，必须得多劳。你有什么本事呢？"

淘小子有点激动，说："我能写诗。"

后来，他还真成了一个诗人。

大　雪

　　松城大雪，修来福不能修自行车，就去马路对面的小饭店喝酒。这家店是筒子房，面街一溜窗，厨房靠一头，叮叮当当的，明火暗火都能看得见。厨师马大勺，炶狗一绝，早起炶一条狗，晚上饭口如果来得晚，一定吃不着。

　　修来福一进门就大声喊："一盘肉，一碗汤……"

　　马大勺在里边听了，替他补齐："一缸白酒，四两饭。"

　　这是修来福的伙食，挺硬。

　　修来福坐在第二个窗口，正好能看见自己的摊位。他是松城不多的冬天还出来修车的手艺人，一个依靠三轮车和大树支起的棚子，正中放一个铁桶，他随手捡来的破木头、烂板子堆在一边。火一旦升起来，一天也不灭。有时，修来福在火上烤个土豆或地瓜，香味能传老远。

　　马大勺有个爱写小说的同学，也常来店里坐，马大勺说他是来收集素材的，可大家只听见他打雷，一直看不见下雨。问他，他就笑，一排牙露出来，挺齐。

　　这位爱写小说但一直没当成作家的同学，也爱喝酒，见这样下雪的天，一准儿来。他喜欢听修来福讲故事，那故事讲出来都一套一套的。这不，说来就来了。没戴帽子，纸包纸裹半瓶五粮液，进门就让修来福停杯。他单位来客人，开了两瓶五粮液，结果喝了一瓶半，剩下半瓶，让他给打包了。

修来福那杯酒已经喝了一半了，马大勺的同学也不客气，把剩下的半杯端过来，一仰脖，喝了。

修来福说："你武松啊？"

同学也幽默："潘金莲可不是你这样的。"

他们的玩笑取自《水浒传》，这谁都知道。半杯残酒也算一份心意，修来福领情。

修来福是个大高个子，一米八多，虽然六十岁了，走路依然打夯一样。他年轻的时候练过武术，和杜其石学过大刀。他喜欢看《水浒传》，能把武松那十回讲得头头是道。可见崇尚侠义的人，自己也养了一身的正气。

刚才怎么着？

马大勺的同学进门前拉了一个架，喝了一句："好大雪！"

接着唱了两句："凉夜迢迢，凉夜迢迢，投宿休将他门户敲。遥瞻残月，暗渡重关，奔走荒郊，俺的身轻不惮路迢遥，心忙又恐人惊觉，听得俺魄散魂消，魄散魂消，红尘中误了俺五陵年少。"

是一段《林冲夜奔·驻马听》。

修来福来了兴致，就把同学带来的酒分了，加了一个菜，尖椒干豆腐。

修来福的故事很多，抓小偷是最绝的一个。

那是二十年前的事。修来福刚摆摊不久，就发现有一个长得像时迁的人，总来换锁。说这人像时迁，也是按《水浒传》来的。"骨轻身躯健，眉浓眼目鲜。形容如怪鬼，一貌可惊人。"不丑，但一身的贼气，隔老远就能闻出来。他三天两头到修来福这儿换锁，而且不是同一辆自行车，换了锁就走，骑车像骑风火轮。

修来福断定他是个贼。

又一次，时迁来换锁，推了一辆"26"的小坤车。

修来福接过车子，上下左右看半天。

"巧了。"他说。

"什么巧了？"时迁问。

"我姑娘刚丢了一台车子，和你这辆一模一样。"他蹲下身，把锁弄得哗啦响。

时迁的神情有点儿紧张。

修来福说："你这车没记号啊？应该留个记号。"

"啥记号啊？"

"贴个不干胶，写上你的名字。"说完，弯腰往大梁底下看。

时迁撒腿就跑，跑得比汽车还快。他跑有什么用呢？修来福用自己的傻瓜相机给他留影了。派出所按图索骥，很快就抓到了他。

这个故事有智慧。

取个名叫"兵不厌诈"。

诈不是正途，所谓君子有道。

修来福的摊位离职业学校不远，曾有一个长得像鲁智深的孩子常从他的摊前过，一来二去，脸儿熟了，就互相打招呼。

"干啥去？"修来福问。

"去图书馆咋不坐车呢？"

"锻炼。"

后来知道，那孩子走路去图书馆不单单是锻炼，更主要的是为了省钱。一聊才知道，家是农村的，父亲有残疾，母亲精神不好，生活自比别人家艰辛。这孩子懂事，考职业学校，学点技术，早毕业，帮家里分担一些压力。

修来福想，我能帮孩子点儿什么呢？

他去自行车市买了一辆二手车，自己配件，修得跟刚出厂似的。

"送你。"他对那孩子说。

那孩子哭了，说："大爷……"

他不让孩子说话，就加了一句："骑车一样锻炼。"

马大勺说："这不都是小说吗？"

可他的同学觉得，就这，更不好写！

马大勺

马大勺是个厨子，再有两年就退休了。

他一个人。一个人吃饱，全家不饿。

他原来的家庭关系挺复杂。他亲妈没了，父亲领着他和四个姐姐过。不久，父亲再婚，娶了一个带四个孩子的女人。女人带的孩子，三男一女，都是长身体的时候。这一大家子，前窝的，后窝的，加在一起十一口。

父亲是大工匠。

但养起来也难。

马大勺从小就学会了爆爆米花，他跟着父亲走街串巷，爆一天爆米花，他能挣两毛钱。他也卖报纸，去离家不远的十字路口。那时《广播电视报》时兴，家家户户都看，提前预知节目，在报纸上画得一道一道的。每周二，马大勺半夜两点迷迷糊糊地爬起来，去报社印刷厂的窗口排队；现钱，领一千张报纸，天蒙蒙亮就开始卖，八点之前就卖完了。一张报纸挣三厘，一千张能挣三块钱。

这钱他能留下一块。

一个月四块。

他家境不好，但他是一个有钱人，同学都很羡慕他。可有一样。马大勺会挣钱，却从来不花钱。那钱里有他的血汗，他舍不得。

不知不觉中，他们长大了，姐姐们出嫁了，马大勺也成人了。他糊涂，上了冲动这个魔鬼的当！他把他后妈带来的那个女儿睡了，偷偷摸摸好长时间。事情还是败露了，后妈拍着炕沿又哭又号。

他爸是山东人，又直又倔。

他揪着马大勺的耳朵说："好汉做事好汉当，睡了，睡了就得娶。"

后妈说："哥哥娶妹子，这不让人笑话死！"

他爸说："他姓马，她姓赵，有啥不能娶的！"

大家一听也是。

就无声无息地把婚事办了。

太熟，就失了分寸，更没有里外，夫妻俩天天干架，不是马大勺的脸被抓花了，就是他妹妹的脸被打肿了。对付了十年，离了。随后，马大勺的父亲突发心肌梗死，一个字儿没留，走了。

马大勺成了孤家寡人。

姐姐们都出嫁了，他们的家没有留他的地方；原来有父亲的这个家，只剩下后妈和她带来的四个孩子。马大勺没法立足，只能净身出户。好在他那时已经会炒菜，又和一个姓朴的朝鲜族人学会了烀狗，所谓艺不压人，吃口饭是没问题的。

松城的辽宁路，在西安桥东侧，南抵汽车厂，北通火车站，住户杂，过往客商多。辽宁路狗肉馆有着仅次于北冰洋冷面的名号，早晨来喝狗肉汤的就有百十来号，中午和晚上更是桌桌翻台子，服务员忙得脚打后脑勺。前台忙，后厨更忙，马大勺和他师父老朴包下了韩餐，除了狗肉，朝鲜族咸菜、石锅拌饭、石板豆腐、煎明太鱼，都受欢迎，就连冷面都能出二三百碗。

马大勺挣下了不少钱。

也就是从那个时候开始，马大勺有了一个心愿，他想周游世界，把各地的美景尽收眼底。为了这个梦想，他考了驾驶证——D照，他知道一款用三轮车改装的房车，花钱不多，经济实用。他就想买这种车，一路过五关斩六将。

在辽宁路狗肉馆干的那些年，后厨帮忙的一个女人和他好。女人的丈夫贩毒，被枪毙了，她也受牵连，在监狱蹲了五年。出来了，婆家不留她，把她撵出来了。她没办法，一个人进城找出路。

就和马大勺好上了。

两个人在辽宁路租了一个地方，置办了简单的家具，组成了一个临时的家。

女人老和他商量一件事。

"你要真心和我过，就把钱交给我，咱们把证领了。"女人说。

"能真心过，但钱得自己花自己的。"马大勺说。

"那你还是不真心。"女人说。

"真心就非得交钱？"马大勺问。

"过日子不就是过钱吗？没钱咋过日子？"

马大勺正喝茶，听女人把话说到这份儿上，茶缸子往桌子上一蹾，摔门出去了。

后来就淡了。

那个地方也退了。

很多人都说马大勺抠，只认钱，没感情。

马大勺从来不争辩，不解释。

话说再有两年就退休了，他也可以领退休金了。那个梦想开了多年的花，现在快要结果了。马大勺没事就看抖音、看短视频，那里边有许多和他梦想相同的人，人家都已经在路上了。他掰着手指头算自己这些年的积蓄，用碳素笔在纸壳子上画攻略，今天到哪儿，明天到哪儿，吃啥喝啥看啥，写得清清楚楚。

就在这个时候，多年不联系的妹妹——也是他前妻——找到他，他后妈带来的三个男孩——现在也是大人了——中的一个，得了癌症。治，能多活几年；不治，多说三五个月。

他妹——也是他前妻——问他："救不救？"

他连犹豫都没犹豫，一句话："救啊！"

就把自己多年的积蓄全拿了出来。

文昌路

文昌路在松城师范大学的南面，是一条老街。曾有些年，文昌路的东段是不通车的，原因是路被棚户区的房子堵死了。原来是通的，路也很规矩，双车道，可对行车。可是棚户区的那些人家多半子女多，孩子大了，住房面积小了，就私搭乱建，你盖一间，他盖一间，慢慢地，路就被占满了。文昌路像一道分水岭，这边是师大，那边是工大，棚户区是迷宫，师大、工大的教职工，包括学生，在这座迷宫里穿插来往，和棚户区的人混杂在一起，分不出你我。

文昌路上的树也很有特点。师大的这一侧，种的都是柳树；工大那一侧，种的都是槭树。柳树逢雨季会生出一种蘑菇，俗名叫黄伞，多层，扇形，色泽金黄，菌香沉郁。槭树到了春天，可以在树干上扎孔，插入钢管、竹管或塑料管，能接出天然的糖水，淡淡的甜，很提神。

一般的松城人不认识黄伞，所以它不在松城人的食谱里。

至于槭树汁，除了小孩子——春天地气上升，树皮破损的地方会有汁液自然流出——尝试着用舌头舔舔，大人绝不动它。不知怎么流传出来的说法，皆言有毒。于是，小孩子尝一口，心里也惴惴的，忐忑好几天，担心自己会突然死掉。

文昌路有一个开旧书店的杨老师，人干瘦干瘦，唯一张脸大，且有麻子，小粒儿的白麻子，眼皮都摊上两颗。他戴一副瓶底厚的眼镜，把一双眼目旋到了涡底。杨老师其貌不扬，却天生好嗓子，说话字正腔圆，抑扬顿挫，像曾侯乙墓出土的编钟。

杨老师善讲《水浒》，但观点与众不同。师大中文系的老师们讥讽他，歪理邪说，正属此类。

他这样讲——

"说武松不省男女之事，我却不信。那施耐庵老先生为何偏偏把他和潘金莲的戏安排在大雪天？讲的就是风情！那潘氏是何等的明目张胆，武松又因何不是心知肚明？你看原文怎么写？'那妇人把前门上了栓，后门也关了，却搬些按酒果品菜蔬入武松房里来，摆在桌子上。' 武松是打虎的英雄，在少林寺学过艺，潘金莲的这番动作，他察觉不出？非也。他的思想斗争很激烈哩。怎见得？有文字为证，却说那潘金莲去取第二注子酒，武松也知了八九分，为何自在房里拿着火箸簇火？起身走了便是，何必要等潘金莲把闲话来说。难道就为她把那句'你若有心，吃我这半盏儿残酒'说出来，才摆出'嫂嫂休要这般不识廉耻'的架势？施老爷子是大文学家，不会故意撺掇情节，凑字儿换稿费吧！"

听着似乎也有道理。

只是依他这么解，武松的形象不高大了。

为了佐证自己的观点，他还拿张督监抬举武松那一节说事。

讲这一段，必先把赞玉兰那几句词说出来。但见——

"脸如莲萼，唇似樱桃。两弯眉画远山青，一对眼明秋水润。纤腰袅娜，绿罗裙掩映金莲；素体馨香，绛纱袖轻笼玉笋。凤钗斜插笼云鬓，象板高擎立玳筵。"

唱完，自己叫一声："生得如何？"

自己答："好！"

武松也动心了！

"约莫酒涌上来，恐怕失了礼节，便起身拜谢了相公、夫人，出到厅前廊下房门前。开了门，觉道酒食在腹，未能便睡，去房里脱了衣裳，除下巾帻，拿条梢棒，来庭心里月明下使几回棒，打了几个轮头。仰面看天时，约有三更时分。"

杨老师拍着桌案说："这是恁的燥热？"

众人皆笑。

有知道《水浒》情节的，便问："那他二返脚子又见玉兰时，为何杀得那么干脆？"

杨老师笑了，说："所谓爱之深，恨之切。"

众人一时慑了心，没了声息。

在听杨老师讲《水浒》的人当中就有阎二嫂。她在文昌路的棚户区里开了一家小饭店，卖炒菜和米饭。她有一个从老家来的侄女，给她当服务员。她一个人在后厨。都说她炒菜好吃，却不见一点儿肉星；其实，也没什么秘诀，只不过是她喜欢用大油。取一条五花肉，铁锅加少许水，生生炸出一罐猪油，炒菜的时候加一勺。

杨老师是她店里的常客。

因为她姓阎，杨老师就叫她阎婆惜。

他说："别一说阎婆惜，你就觉得是骂你，那阎婆惜长得也美哩。"

"瞎说！"阎二嫂的脸红赤赤的。

杨老师说："那书里却也写得明白。"

于是把打扮得满头珠翠、遍体金玉的阎婆惜说了一遍。说到"星眼浑如点漆，酥胸真似截肪"的时候，还有意用目光躲开阎二嫂前胸的那两坨肉。

阎二嫂没啥文化，但"酥胸"两个字还听得懂，不由得把背下意识地驼一下，张口便骂了一句："杂碎。"

杨老师装作听不见，学着武松拿筷子从白菜炒黄伞里往出挑葱花。

杨老师是文昌路上唯一一个吃柳树菇——黄伞的人，用竹竿子绑个镰刀头，一棵柳树一棵柳树地寻，见了就割下来，放到脚边的土筐里。他还在春天的时候接槭树汁，装在一个大号的玻璃瓶里，阎二嫂的肾不好，好浮肿，据说就是喝他的槭树汁喝好了。

都说他俩好。

但无处求证。

杨老师的旧书店里有许多旧书，旧书招灰，他时常用鸡毛掸子掸一掸，掸了，就干净不少。

彩　头

　　周育英一辈子精于计算，计算自己，也计算别人。按理说，一个女人长得有几分姿色，又白，说话声音又细腻，如果好好经略，一辈子能过得不错。可她这辈子，用松城的俗话讲，稀碎。她有两个姐妹儿，从小一块儿长大，算闺密中的闺密。

　　这两个闺密，一个叫乔爽，一个叫李菲儿。

　　周育英认为乔爽过得比她好。怎么说呢，乔爽两口子都是区政府的干部，一个在卫生局，一个在土地局，工资高，待遇好，生活平稳、规律。另一个李菲儿，她认为不如她。李菲儿和她一样，是小学老师，爱人却是自由职业者，挣钱有今天没明天的。

　　周育英和乔爽更好一些。

　　乔爽不缺东西，箱子、盒子随意放，有的打开了，有的压根儿没动，上边落了一层灰。周育英去了，就用眼睛瞭一下，临走准挑一样，大大咧咧地说："快过期了吧，我帮忙啊。"

　　乔爽不和她计较，笑着挥挥手。

　　这些东西拿回去，周育英不会自己用，而是擦拭干净，留着年节送礼。

　　和李菲儿在一起就不一样了。

　　她找李菲儿主要是倾吐自己的烦恼。她的烦恼很多，多得无处放，就把李菲儿当垃圾桶，全倒在她那里。她不和乔爽说。她一张嘴，乔爽就敲打："你可让我消停消停吧，在单位听一天了，够儿够儿的了。"

李菲儿不同，她是慢性子，好脾气。她从来不评价任何人、任何事。周育英说什么，她既不摇头，也不点头。周育英向她要立场、要态度、要表里曲直，她只回一句："都不容易。"

后来，她和这两个闺密都生分了。

乔爽的爱人是土地局局长，很自律的一个人。有一个开发商，想给他送点儿礼，怕他不收，就送到家里去了。是两条烟。恰好那天周育英在，走的时候就抽走了一条。乔爽的爱人回来很生气，让周育英把烟退回来，他也要按例还给人家的。

周育英不高兴。

她仗着自己是"小姨子"——她比乔爽小，顺杆儿捋，管乔爽的爱人叫姐夫，半开玩笑半认真地说："咋的，姐夫铁面无私啊。"

"你不懂其中的厉害，快点拿回来。你要抽烟，我另给你买。"

"不就一条烟吗？至于吗？"周育英还想嬉笑一下。

不想对方失去了耐性："不跟你开玩笑。快点！"

周育英把烟退回去了，从此不好意思往乔爽家串了。

周育英以前和乔爽吃饭，都是乔爽买单，她认为这应该应分，谁让乔爽过得比自己好呢？和李菲儿却不同。AA制。用她的话讲，不想占李菲儿的便宜。按说，她们三个人，李菲儿是大姐，她买单也正常，但她不想占李菲儿的便宜。当然，从心里讲，李菲儿也不能占她便宜。

她后来找李菲儿吃饭，除了吐槽自己的前任、现任，又加了一条——乔爽和她那个当土地局局长的丈夫。太能装，假正经，家里大包小裹的，还差两条烟了？一定有猫腻！听说有人送礼，把百元大票卷成烟卷状藏烟盒里，开发商送他烟，一定也是这个"销儿销儿"。

"销儿销儿"，东北方言，指不可告人的秘密。

周育英说："为富不仁，就是这个嘴脸。"

李菲儿不吱声。

"你说呀，是不是？"

李菲儿说："干啥都不容易。"

"我就不喜欢你这闷葫芦，怕这怕那。有啥呀？不就贪污受贿吗？见不得人的勾当，到哪儿我都这么说。"

李菲儿的脸红了，拉扯她："哎呀，你那么大声干吗？"

周育英气鼓鼓的，眉梢都立起来了。

她们吃饭 AA 制，饭后如果有剩，皆打包。每次打包李菲儿都不要。只有一次，她们在韩餐馆吃饭，要了一条烤鱼，恰好女儿和她讲，要吃，李菲儿就想打包。周育英好像很不情愿地看着她叫服务员，把那条没怎么动的鱼放入打包盒里。

她也想打包那条鱼。

可是，被李菲儿抢了先。

她觉得自己很吃亏，又觉得李菲儿是故意的，就借口忘带钱了，让李菲儿把单买了。

周育英和李菲儿也疏远了。

她的气一时半会儿消不了。

周育英有过两次婚姻，头一婚，她嫌丈夫挣钱不多，就逼他休息的时候摆摊修自行车。她丈夫说自己不会，她就气愤地告诉他："发传单行吧？隔壁刘婶发一天传单，还能挣二十三十的呢。"

她丈夫太懒，离了。

后来又找一个，过不到五年，也离了。

有一天，丈夫问她家里有多少存款——现任丈夫的工资卡在她那里，一个朋友手头紧，想挪借点儿。

她说："没有！"

"没有？"

她拿出一个小本儿，指着上面的开销，一笔一笔地算。

现任丈夫指着一笔不小的数目问她："这是啥钱呀？"

"你的房费。"

他们住的房子写的是周育英的名字，她每个月都给人家记了一笔房费。

记　梦

　　李菲儿起得早，洗手，净了口，沏一杯茶，然后点一支香，在椅子上静坐十分钟。茶的香气泛上来，她的鼻翼乖巧地翕动两下，就见了汗。香缭绕着，从茶香的外侧溢走，向屋子里偏冷一点儿的地方凝聚，很快淡了，直直地落下去。

　　手上似乎还残留一点柠檬皂的味道。那正好。

　　三种香并行，并不混杂，一样是一样，各行其道。

　　接下来李菲儿开始记梦。

　　她昨天晚上做了一个梦。

　　她不紧不慢，一笔一画地写——

　　"我看到了小时候爸爸妈妈离婚时，姥姥坐在炕上哭着说，以后没人管了，没人要了。是冲着我和弟弟说的。啥都没有，什么都没有了，没有了。眼皮很硬，却不停地抖，又浮现出那天爸爸的喋喋不休。他拉着我的手，只对我说，我们只是离婚了，但还会对你好。我们都没有离开，以后都不会变。爸爸还是爸爸，妈妈还是妈妈，姥姥还是姥姥，舅舅还是舅舅，都会对你好。我的脸木木的，身体开始发热。我看见一个木头人冲着我招手。我躺到他的身体里，感觉很安全。安静了，安静了许多。我从木头人的身体里出来，看见小时候的自己，我们手拉手一起玩，很快乐。渐渐地，我发现木头人开始变化，变成了橡胶人，关节也可以自由活动。我跑过去，紧紧握住他的手，我们一起飞旋。小时候的我被长大的我吸入，就像我躺在木头人的身体里一样。接下来我开始长大，像树一样高大，穿过云端，变成机器人，变成超人，变成蜘蛛侠。太阳就在肩膀的后边。我把地球抱在怀里，渐渐地和地球融为一体。"

记完了，李菲儿把笔收好，长长地呼出一口气。

这个记梦的本子又大又宽，里边关着一个奇异的世界。

天蒙蒙亮，李菲儿的丈夫醒了，他穿着大裤衩子、跨栏背心，冲着李菲儿"嘿"一声，算是打招呼。头天晚上，他很莽撞地要了李菲儿，像个刚识人间趣味儿的毛孩子。他现在去冲澡，永远把水龙头弄得哗啦哗啦响。

他大声喊着："我今天去帮孙老师磨刀。"

孙老师叫孙圣一，是个版画家，以前和他是邻居，干什么都愿意带着他。他帮孙老师干活儿，孙老师会给他点儿钱，不多也不少。李菲儿的丈夫是自由职业者。这个自由职业者在他自己这儿说起来好听，实际上就是干杂活儿的。他心灵手巧，什么都会，做的活儿也都和艺术有点关系。比如画舞台背景，他能刷大漆；油画系的学生找他，他能绷画布，也能给画布刷胶。都是这一类的活儿，他干得也挺起劲。

孙老师刻章子、刻木版画，刀都是他磨。

画院那些老师的墨也是他帮着定制，一年跑一次南方，和制墨的师傅讲好规矩，一天到晚都在工坊里。他陪制墨的师傅喝黄酒，吃河鲜，谈论每块墨的性子，一一记在心上。

墨也有脾气。

这是制墨的师傅告诉他的。

可他的媳妇李菲儿没脾气,一天到晚都温温和和的。

李菲儿是艺术中专的毕业生,毕业后在一所小学当美术老师。她的生活很单调。当然,这是在别人眼里。她自己不觉得。她除了记梦,还有一个爱好,就是描摹壁画。为了她的爱好,她丈夫给她特制了一个绘图桌,玻璃钢的下边安了一排管灯,李菲儿在这上边描壁画,神情无比专注。

永乐宫壁画。在玻璃板上固定好,再在上边蒙上绢,李菲儿的身心就沉浸其中了。毗卢寺壁画、法海寺壁画、辽阳汉魏壁画⋯⋯她都走了不止十遍八遍。敦煌壁画更多,摞起来都有一桌子高了。

人群里显不出李菲儿。

她除了没话,也不发表观点,从不评价对错。

她干什么都有自己的计划。

上一年秋天,她去了内蒙古的巴林左旗和巴林右旗。她去拍辽代壁画,一幅一幅的。她去看,一大早进入博物馆,蹲在壁画那儿一看就一天。她在心里和那些人交流,听他们讲述上千年的故事。风沙挺大,有时一粒沙蹦出来,打得她脸生疼。

她看《侍女图》。

有一个侍女,梳双髻,扎着红色的发带,双手捧着一条浣巾。那侍女的一只眼被岁月磨蚀掉,仅存一目,安静又祥和。

她说:"放心,我给你补上。"

那侍女笑了。

她走的时候,还回头看一眼。

那侍女的眼神那么信任地追随着她。

那一晚，她也做了梦。在梦里，她写了两首诗。

　　巴林也可下扬州，江山点点不识愁。
　　二十四桥浮踪影，寄我临潢一晚秋。

　　乾德门角月如钩，小儿夜啼声不留。
　　宫女倚窗犹不寝，香烟袅袅上朱楼。

　　——人的一生，谁又没点儿苦难呢？

鸡　毛

这就是那个三口之家，住街上最普通不过的房子，房子的檐上伏着一层暗青色苔藓。他家的门，下边的轴页快散了，每当门开合的时候，总发出"吱吱"的声响。窗户永远很亮，挂着白白的窗帘，窗框的漆每年春天都刷一次，所以，从这户人家的门前走过，那淡绿的颜色总会给人带来一缕清新。

男主人朱茂书在法院工作，是一个不苟言笑的人，他总是黑着脸和街上的人点头说话，使大家隐隐地感到犯人受审的滋味。朱茂书有两套法院发下来的制服，一套比较新，一套比较旧。他穿上那套旧的，大家就知道，天下太平；而他穿上那套新的，那就是又有哪一片儿的流氓地痞或贪官污吏一类的人要受制裁。

他的衣服是他的晴雨表。

女主人单小荷，祖父是晚清秀才，写得一手好字，柳体，通畅娟秀。她的家中现在还保留着一些他的信札。单小荷在沿河小学工作，是教导主任，这街头的孩子她几乎都教过，所以一街的人，无论男女老少，见到她都称呼老师。她穿着朴素，头发总是稳稳地梳在脑后，不见一丝蓬乱。她有个特点，一辈子不穿皮鞋。

他们有一个女儿，叫朱红蕊。

他们的女儿是一个漂亮的女孩，个子不高，但很玲珑，眼睛大大的，正好配很黑的眉毛。

朱红蕊从小学到中学到高中，年年被评为三好学生，学习成绩突出。她是这街上母亲们心疼和羡慕的对象。她们总拿她和自己的孩子相比，总觉得自己的孩子没有出息。人家小蕊怎么就是那么一个听话又懂事的孩子呢？她们对单小荷也羡慕不已。

朱红蕊确实是个听话的孩子，长到二十四岁了，没和母亲拌过嘴。她总穿母亲为她选定的那种肥大的没有特色的衣裙，不化艳妆，不做刘海儿，给人的感觉，木讷之中流露着自然。冬天，她大概是这街上唯一的一个还穿棉裤的女孩了。冬天到了，街上的淘气小子更难看到她苗条的身材。

曾有一个家境不是太好的男孩给她写过一封求爱信。那个男孩认定了她朴实，认为她是一个可以持家的好妻子，是可以给他自卑的心灵抹一些油彩的好女孩。于是他就写了信去，用一个大信封装着，从家门前的那个邮局挂号寄出来。

那封信，朱红蕊收到了。她灵巧的鼻子从宽大的信封上闻到了男孩子的气息，她哭了，紧张地跑回家，把信交给了单小荷，再由单小荷代读了之后转交给校团委书记，团委书记和校长、主任们开会之后，险些给那个男孩一个警告处分。

男孩忧郁地站在学校后边的菜地里。

朱红蕊不知道她伤害了一颗心。

朱红蕊的学习很好，但她没有考上大学，连中专也没有考上。她怯场，怯得一塌糊涂。她安静下来的时候，她所学到的文字、词组、单词、符号、公式就会奔跑着回到她的心里，可一上考场，大脑又是一片空白了。她委屈得不知如何是好。她没有考上大学，考了三年，但她没有考上。

单小荷让女儿到自己的学校里代课，教小学三年级。孩子们对她很好，原因是她和他们说话从来不大声。

朱红蕊也在沿河小学教书了。每天放学，她们母女俩就一同从河边的堤坝上走回来，有时，顺便拐到菜市场买一点菜，遇到街上的熟人，就会被叫声：老师。朱红蕊不知道这声"老师"除了称呼她母亲之外还包不包括她。她转过脸去，看青青的萝卜、水灵灵的白菜，觉得时光在这种时候就比较难挨。

单小荷说：

"快点走吧，你爸爸换下来的衣服还没来得及洗。"

朱红蕊轻声地说：

"哦。"

一年的时间转眼就过去了。

朱红蕊的学生已经升入四年级了，又有一班新的二年级的学生要升上来。中午吃饭的时候，单小荷突然问她：

"给你写信的那个男孩现在在干什么？"

朱红蕊吃了一惊，疑惑地看着母亲，摇了摇头。

家里开始张罗着给朱红蕊介绍对象了，介绍两个都没成。第一个是搞地质的，人很不错，但两人第二次上街，她就听见他用很脏的话骂人，吹了。第二个是机关干部，人也不错，还好写点东西，和她一见面，就坦诚地交代了他以前的一些"问题"，她偷偷地看了看他，一阵一阵地恶心。

这是第三个，是朱茂书老同事的儿子，两人见面了，都比较满意，双方家长也高兴，就决定处下去，一切都很顺利、正常。

朱茂书甚至说：

"如果没有什么说道，今年就办了也行。"

单小荷想了想，也点头。

可朱红蕊点过头吗？

那天晚上，那个男孩拿着电影票来找她，他们说好了，到文化宫去看一部新片，两个当红影星演的。他们去了一会儿，朱红蕊就红着脸回来了，气冲冲的。朱茂书和单小荷对望了一眼，问她：

"怎么了？"

她没有出声。

她没有出声，眼泪却禁不住落到衣襟上，她说：

"他欺负人！"

原来，走到街口，那个男孩要亲她，她打了人家一耳光，很响。

浮 岛

有人管这条河叫沿子河。但它到底叫不叫沿子河，谁也不知道。这河不宽，浅得像一块玻璃。河的北岸是广播电视大厦，楼体暗红色，西高东低，远看像一块巨大的寿材。谁设计的呢！南沿儿是小区，正门也向南，对着一条小街。街两侧的店铺一家挨着一家。头一家是烤串店，依次下来，面包店，牛肉汤饭，夹了一家汽车修理铺，一个药店，常来顺火锅，石锅拌饭，家常菜馆，手机修理铺，出口商品折扣店，麻辣烫，麦香客面馆。接下来，就是牛奶专卖店。

再说沿子河，下游流经一所学校，校方为了美化环境，就在上游开始做工作。扎了一排一排的"筏子"，在里边种上可以净化水源的水生植物。那些"筏子"是市民们的叫法，它的学名应该叫"生态浮岛"。学校在浮岛上种香蒲，种黄菖蒲，种水生鸢尾，种荷花，种千屈菜，也种芦苇。夏天到了，这些浮岛生发出作用，一条沿子河，五彩缤纷。

沿子河通过一条主街，于是，有了一座桥。距桥不远是一道水闸，河水到了这里，就积成了一个小潭，略深，似乎有鱼。有一个人就常来这儿钓鱼，仿佛与生俱来的习惯。这个人奇瘦，略带一点病态。牙有一点外凸，把嘴唇撑得又大又圆。他冬夏都是穿宽大的灰袍子，脚上一双半新不旧的皮鞋。他钓鱼，不自己吃，喂猫。沿子河边有许多流浪猫，多半是他救助的。有一年深秋，一只叫卖炭翁的小母猫怀孕了，天天追着他要鱼吃。吃鱼行，但不让碰，谁碰冲谁龇牙，凶凶的样子。包括他。眼瞅着降温了，它如果把孩子生在外边，多半得冻死。他就和猫商量，问它愿不愿意去宠物店。

卖炭翁不同意。

他问："那咋办呀？"

卖炭翁蹲在那里，懒洋洋的，不应他的话。

这时，牛奶专卖店的袁丽君正从后门出来，她是来给卖炭翁送牛奶的，热好了，盛在一个小碗里。袁丽君一米六二的个子，微胖，头发永远在脑袋上挽个髻。她大眼睛，笑起来很好看。已经秋天了，可她依然穿着白白的 T 恤衫，只不过加了一件咖色的开衫外套；下身是黑色的芭比裤，脚上蹬了一双浅色的小面包鞋。远看近看，都休闲中透着雅致。

她把牛奶放在那里，冲着卖炭翁招招手。

卖炭翁叫了两声，表示了谢意，之后就吧唧吧唧地舔食，旁若无人的样子。

袁丽君看看它的肚子，说："就这两天的事儿。"

他嗯了一声。

她说："不行，我把它带回去吧。"

他说："那敢情好。"

"可是我不敢抓它。"

他像支帐篷似的把自己从折叠椅中支起来，站在那里看看。

"咋办呀？"她问。

"你去取个纸箱。"他说。

她就飒飒地回去，又飒飒地回来，手里多了一个小纸箱。

他俯下身——像一张弓——对卖炭翁说："再商量商量呗。"

卖炭翁抬起头看着他。

他说："天冷了，生在外边不行的，你和孩子都会有危险。"他停顿一下，用手指指袁丽君，"你看她，她想给你和孩子一个家。你想想，牛奶店，多好啊。你要是觉得不自由，明年开春了再出来，我们都不挡着你。"

卖炭翁低下头，喵喵地叫了两声。

他伸手去抱它，它一点儿也不挣扎，四条腿顺从地垂着，很乖地进到纸箱里。

袁丽君悬着的一颗心总算放下来了。

这一天夜里，是雨夹雪的天气，卖炭翁生了五只小猫，每一只都很可爱。

袁丽君拍了一段视频，想发给他，可是，她突然发现，她并没有他的微信。

袁丽君抬起头，看了看镜子里的自己。

她是有过婚姻的人，可是，很不幸，她的婚姻都很短暂，她前三任丈夫都死了。别人背地里讲她，说她是"白虎"，克夫，无论谁娶她，命都不会长久。

袁丽君喜不喜欢他呢？一定是喜欢的，不然怎么会天不亮就去早市等着，一定要买最新鲜的鱼。北方的冷水鱼，除了"三花一岛"，除了"五罗"，还有"十八子"，还有七十二杂鱼。袁丽君专挑白漂子、麦穗子、牛尾巴子、鲫瓜子、红梢子这类鱼买，买回来，也不吃，都放到闸口里去，专等他来钓。

是啊！

不喜欢他，为什么给卖炭翁送奶的时候，总惦着给他带一份呢？

但她不能表白。

她不想让他死！

人活着，念想就是活着，哪怕只看一眼背影，那也是幸福的啊。

后记：航向！正前方！

2024 年 9 月 19 日，是农历八月十七日。我前一天凌晨抵达长春，秋风已铺满四野。始航地杭州，还在苦热之中。在故乡落地，内心一下变得无限安稳。摇下车窗，目视窗外，除了凉，就是一路的灯火。我听见蟋蟀的歌吟，那是昆虫无奈的唱晚。

随手写下两首小诗。

> 我有映月刀，举影向妖娆。
> 随风散不尽，寒光四五条。

> 一夜入北地，遍野尽秋霜。
> 萤虫迹已灭，孤星点点光。

回观这几句闲笔，想到小说的细节。我们永远都生活在细节之中，它决定着小说家前行的步履。但细节之外的追求，比如情绪，比如精神，比如灵魂，是不是小说家应该永远向外的诘问？无须回答。但总要思考，并时时尝试着解决。

加缪说人生是荒诞的，但他为什么还穷极尝试，要摆脱这种荒诞，以追求"实不可及"的温暖与光明？如此讲，温暖和光明是不存在的吗？回答当然是否定的。它们短暂，才让触及过他们的人欣喜若狂。

小说家应该以什么样的态度去平衡自己与这个世界的关系？

这部小说集被我命名为《沙梅的夜航》。

沙梅的全名叫约翰·沙梅，他手里铸就了一捧"珍贵的泥土"。为了给那个小姑娘打造一朵金蔷薇，他使自己坚定地成了巴黎的一个清洁工。他收集首饰作坊的尘土，回家后把这种尘土里的金屑筛出来，日积月累熔成一个小小的金块。他打造了那朵金蔷薇，但他的小姑娘已经于一年前去了美国。最后，沙梅在孤独中离开了这个世界。

打开苏联作家帕乌斯托夫斯基的著作《金蔷薇》，我们马上会熟知这个故事，并永久地记住沙梅这个人。除了是从前的第二十七殖民军的一名普通士兵，沙梅的一生似乎只干了这么一件"有意义"的事。但他给了我们一个闪光的提示——我们，文学工作者，用几十年的时间来寻觅它们——这些无数的细沙，不知不觉地给自己收集着，熔成合金，然后再用这种合金来锻成自己的金蔷薇——中篇小说、长篇小说或长诗。

在我的认知里，当然也包括微型小说。

《夜航》是法国作家圣埃克苏佩里的一部中篇体量的长篇小说。情节并不复杂。航空公司为了使航空运输能与海运相竞争，决定开辟南美的夜间航线。小说主人公所驾驶的三架飞机中的一架，途中被卷入风暴，虽全力奋争，但飞机最终坠毁，飞行员殉职。我们知道，作家本人也是在一次夜航中失踪，至今无法觅其遗骸。坚毅，执着，无所畏惧，趋向胜利，是小说宣布给我们的主旨，但以死亡为代价的凯旋更告知了我们生命与人类进步事业的高贵。我们！我们又有什么道理放大我们悲观的暗影，又有什么资格为所谓的"躺平"而沾沾自喜或向隅幽叹。

这是《沙梅的夜航》的寓意。

也是我面对生活的决心。

这部小说集里的篇什，不单选取了我旧作中"代表作"，更多地展示了我的新作。进入2024年，我大概写了三组"松城人物志略"（每组十余篇），其中的两组都在这里边。这是我向读者的献礼，也是我对大家的回报。"松城人物志略"有一个统一的《跋》，我附在这篇后记的结尾，作为强调和说明。

　　我写这样的小说，或者说我这样写小说已经四十年了。

小说的开头和结尾——从启到合——最多的跨度三十年；写了一个开头，放在那里，几经收拾，就是阻碍万重；放了几十年，某一天，终于有了念头，便一挥而就。

松城是我的故乡，我从五岁迁居至此，至今已有五十三年了。东北人好说虚岁，一般都虚两岁。所谓"天"一岁，"地"一岁。这么算的话，我虚岁六十了。一甲子，一个轮回终结，再活，就是往回活了。人家问我多少岁，我就会手里攥着六十，口上回答：五十九。如是，再退到年轻的时候、年富力强的时候，那是多么美好的愿景。可惜，这是小说人说梦。

这一部小说中的若干个短章，皆取自我身边人的悲欢离合。悲者如何玉莲，我救不了她。欢者如四姐和刘先生等，他们总算有了一个晚景的甘甜。离者如闫桂芝、徐骁等，他们执拗于自己的轨道，谁又能力挽其心？合者如梅大娘、梅大爷，一辈子的事，谁又能一开始就看得明明白白。我是随着我的人物一起悲欢离合的。写何玉莲，写四姐和刘先生，我都凭窗潸然，泪湿长襟。我知道小说本身不是绝对的小说，而人生本身，也绝不是你自己所见、所闻、所思、所感的那么简单。

就是这样！

也许我们都是西西弗，但我们正创造着神话。
2024 年 9 月 24 日。